Felix Dahn • Chlodwig

Felix Dahn

Chlodwig

Historischer Roman aus der
Völkerwanderungszeit

area

Felix Dahn: Chlodwig

Einbandgestaltung: agilmedien, Köln
Einbandabbildungen: AKG, Berlin
Satz & Layout: GEM mbH, Ratingen
Gesamtherstellung: Oldenbourg Taschenbuch GmbH,
Hürderstraße 4, 85551 Kirchheim
Printed in Czech Republic 2004
ISBN 3-89996-077-7

I

Es war im Jahr vierhunderteinundachtzig nach Christus, an einem schwülen Sommerabend, da lag in dem stattlichsten Haus von Tournay – Doornick an der Schelde – ein Mann schwer leidend. Der vornehme Römer, dem das Gebäude dereinst gehört hatte, war schon längst – gleich bei der Annäherung der salischen Franken – aus der Stadt, dann über die Alpen nach Italien entflohen. Nach der Einnahme der Veste hatte der salische Gaukönig Childerich an einer Säule in dem Atrium des Hauses seinen Schild aufgehängt und Wohnung genommen. Nun – viele Jahre später – lag er hier an tiefer Wunde danieder.

Das Schlafgemach war von einer kleinen Ampel aus Bernstein, die von der marmorgetäfelten Decke herniederhing, nur schwach erhellt. Ihr mattes Licht wurde aufgesogen von den dunklen, schweren Vorhängen, welche die Wände des schmalen viereckigen Raumes bedeckten und die fehlende Tür ersetzten.

Der Leidende, ein Mann von etwa fünfzig Jahren, stark von Gliedern und vollrüstig, lag auf einem niedrigen Ruhebett, die Füße bedeckt mit einem mächtigen Bärenfell. Auf einem zierlichen Dreifuß aus durchbrochener korinthischer Erzarbeit bei seinen

Häupten verbreiteten getrocknete und auch frisch gepflückte Heilkräuter einen würzigen Geruch.

Vor ihm stand eine hochragende, ja gewaltige Frauengestalt, wenige Jahre jünger. Sie strich ihm mit der Linken zärtlich über die glühende Stirn, über das kaum ergraute Blondhaar, das in den langen merowingischen Königslocken bis auf die Schultern wogte, während ihre Rechte eine Silberschale, gefüllt mit einer dunklen Salbe, hielt.

Tiefster Schmerz lag auf den edlen, immer noch blendend schönen, nur etwas allzu strengen, ja scharfen Zügen. Aber keine Träne ließ sie in das meergraue Auge treten, auch nicht, als der Kranke tief aufseufzte.

Sie stellte nun die Schale auf den Dreifuß nieder und strich mit beiden Händen hinter die Schläfe ihr prachtvoll rotes Haar, das reich vorflutete, wie sie sich über das Lager beugte.

»Schmerzt die Wunde so scharf, Childerich?« fragte sie mit verhaltenem Weh.

Er streichelte die weiße Hand. »Es ist nicht das«, erwiderte er, leise den Kopf schüttelnd. »Und es ist auch nicht … daß ich sterben muß – trotz all deiner Heilkünste und Zaubersprüche, Basina, die du von Wodan, deinem Ahn, gelernt hast, von Geschlecht zu Geschlecht in eurer Sippe vererbt daheim im Thüringer Wald. Allzu tief in die Brust flog mir vom

Turm von Soissons herab der spitze Römerpfeil. Aber es ist nicht das! Weiß ich doch, daß ich nach dem letzten Hauch auffahre nach Walhall. Denn nicht den Strohtod sterb' ich – den Bluttod an der Wunde, die ich, meinem Volksheer an des Keiles Spitze vorkämpfend, empfing. Auch um dich hochgemute ist mir nicht bang. Denn ein heldenhaftes Herz schlägt dir im Busen, und jedes Schicksal wirst du würdig tragen. Solche Frauen aber wie du läßt Wodan nicht nach Hel zu den freudlosen Schatten hinabsinken. Er hebt sie nach Asgardh empor, seinen Walküren gesellt, wie er jener herrlichen Hilde getan hat. Ich werd' ihn bitten, das gleiche dir zu gönnen, so daß wir ungetrennt Walhalls Wonnen teilen. Aber – ah …«

Er stockte. Der Atem verging ihm.

Zärtlich küßte die Gewaltige, tief sich beugend, die fiebernde Stirn. »Sprich es nicht aus! Ich weiß was dich quält: die Sorge um dein Volk, um …«

»Ach, unseren Sohn«, seufzte der Wunde.

Da verfinsterte sich das edle Antlitz der hohen Frau. Die scharfgeschnittenen Nasenflügel zuckten, und bitter kam es aus den kaum geöffneten Lippen. »Ja, Chlodwig! Mein Stolz und meine Furcht.«

»Zwar«, hob der König mit stolzer Miene an, »reiche Angenbinde haben ihm in die Schildwiege die drei Losweberinnen und alle Götter und Göttinnen gelegt, seinen Kampfmut der furchtlose Donar, seine kluge Ratfindung für Krieg und Frieden Wodan!«

»Aber«, fiel die Mutter mit herbem Klang der tiefen Stimme ein, »Loge die Arglist, die scheulose Selbstsucht und – mit dem roten Har und dem raschen Witzwort – die Falschheit, die lachend Wort und Treue bricht.«

»Ja«, seufzte der Vater, »er ist wie die lodernde Flamme: Seine Heißglut wärmt, seine Helle leuchtet bis zum Blenden …«

»Jedoch«, schloß die Mutter, »ungebändigt und tückisch bricht sie plötzlich hervor, verzehrend Freund wie Feind! O wehe mir Armen, müßt' ich dereinst die Stunde verfluchen, da dieser Schoß ihn gebar, einen Feuerbrand, der das Hehre, das Heilige vernichtet. – Allein er ist *dein* Sohn, Childerich. Drum hoff' ich, die guten Gewalten in ihm werden siegen.«

»Horch, ich meine, ich hör' ihn unten im Hof! Ja, das ist seine helle, dünne Stimme!«

Die Frau trat an das Fenster des Schlafgemachs, schlug den rotbraunen Vorhang zurück und blickte in das Atrium hinab, dessen Estrich von pyrenäischem, weißem Marmor, von buntem Mosaik umrändert, in hellem Mondlicht leuchtete.

Da kauerte, hinter eine Säule geduckt, ein schöner Knabe von fünfzehn Jahren. Fast mädchenhaft weiß war die Hautfarbe, zierlich und fein der Bau der geschmeidigen Glieder, die Knöchel an Händen und Füßen klein. Das rotblonde Har stand in krausem Kleingelock von dem Kopf ab, zwei listige, scharf spähende Augen – meergrau wie die der Mutter – blickten ebenso kühn wie schlau. Die kurze, fein und scharfgeschnittene Nase senkte sich auf einen kleinen Mund, der, vollendet schön geschweift, für das zarte Alter nur schon allzu ausdrucksvoll, unaufhörlich in zuckender Bewegung spielte.

So hockte er, dem Luchs gleich, der regungslos ausgestreckt waagerecht auf dem Ast liegt, um seine Beute von oben her mit unfehlbar sicherem, tödlichem Satz zu bespringen, hinter der Basis der dorischen Säule des Peristyls, von ihrem Schatten gedeckt, und lauerte unsichtbar.

Vier Stufen unterhalb des Peristyls, vom vollen Mondlicht hell beleuchtet, stand in der Tiefe des Atriums, bei dem Brunnen, der eintönig, leise in eine Marmorschale goß, ein Jüngling, der, um eines Hauptes Länge höher, breitbrüstig, starkknochig, die muskelkräftigen Arme zornig reckend, die mächtigen Hände zu harten Fäusten geballt hielt.

»Chlodwig!« rief der Zorngemute hinan zu dem umlaufenden schwarz beschatteten Säulengang. »Wo steckst du? Dreimal warf ich dich in ehrlichem Ringkampf, daß dir die zierlichen Knochen fast splitterten. Du flohst und verschwandest. Dann hast du mich – hinterrücks anspringend aus dem Dunkel – niedergerissen. Und jetzt? Komm vor zu offenem Kampf, wenn du Mut hast. Wo steckst du? Wo hockst du?«

»Hier!« kicherte wie ein übler Elbe der Gerufene. »Hier! Auf deinem Nacken!« Und in hohem Satz schwang er sich von oben herab auf den Rücken des Herausforderers, der, nach kurzem Widerstreben, unter der Last zusammenbrach.

Kaum gefallen, sprang er wieder auf und schüttelte den Listigen ab.

»Chlodwig! Du Neiding!« grollte er. »Du hast –«

»Gesiegt!« lachte der Andere, wieder im Dunkel der Stufen hinauf verschwindend.

»Durch elende Arglist.«

»Aber *gesiegt!* – Was denn? Was denn?« Er stieß diese letzten vier Worte rasch nacheinander aus den zusammengepreßten Zähnen hervor, das »was« scharf betonend.

»Was denn?« wiederholte der Andere. »Was? Schandtat!«

»Aber sie half! Was denn?«

Da stöhnte der Vater, der oben auf dem Pfühl lag und durch das nun weitgeöffnete Fenster jedes Wort verstanden hatte.

Die Mutter aber drückte die Stirn so fest an den Marmorrahmen des Rundbogenfensters, daß sie schmerzte. *Sie* fand keinen Laut für ihr Weh. Aber sie ballte grimmig die Faust.

»Ruf ihn herauf!« mahnte der Wunde. »Ich will ihn … züchtigen. Ach … ich kann den Arm nicht heben. Aber, Basina, versprich … schwöre – das ist unsere letzte Zwiesprache – schwöre – bei Wodan deinem Ahn: Laß ihn nicht zum Neiding … lieber tot … schwöre mir's: nicht gegen Götter und Menschen ein Falscher …«

»Niemals! Beruhige dich, Lieber!«

»Nicht … bis du mir's … geschworen hast!«

»Du fieberst! Großes, Herrliches ruht in ihm – *deine* Art – ich sagte es schon, vererbt von deinem großen Ahn Merowech-Serapio, deinem Urgroßvater, der euch Saliern zuerst in diesem Land Sitz und Macht geschafft hat. Er ist – ein Knabe noch – bereits ein Held. Hast du vergessen – du selbst hast's mit stolzem Blick erzählt! –, wie er im Kohlenwald auf der Jagd, als dir der Bär den Speer in der Hand zerbrochen hatte, zwischen dich und das Untier sprang und, unter seiner Pranke stürzend, ihm noch das Kurzschwert in das Herz stieß?«

»Ja – das war – wacker!« Und es flog ein Lächeln um die bleichen Lippen.

»Und vor wenigen Wochen … vor Soissons – Guntbert – eben Guntbert, der unten – hat's erzählt –, als ihr vor Soissons in das Geschwirr der

Römerpfeile gerietet, die aus plötzlich geöffneten Schießscharten sausten, und als du fielst – ach, von jenem Pfeil getroffen! – und als alle Gefolgen scheu zurückwichen, vom Schrecken gescheucht – wer allein hielt da bei dir aus, den Schild nicht über *sein* Haupt, sondern über *deine* wunde Brust haltend?«

»Guntbert und …«

»Und Chlodwig, dein Sohn. Blutend, wie dich, brachten sie mir – mit durchschossener Wange – auch ihn. Er lachte über seinen eigenen Schmerz – nur um dich bangte er! Und sein erstes Wort, als er wieder sprechen konnte, war: ›Blutrache für den Vater an allen Schützen von Soissons!‹ Er ist ein Fuchs, ja, aber auch adlerkühn.«

Ihre Augen leuchteten.

»Stolz der Mutter«, lächelte der Vater, »mögest du nie Schwäche der Mutter werden!«

»Sieh, das hat mir damals den Schmerz mit Freude verklärt.«

»Gewiß, es steckt ein Held in ihm. Aber … O könnt' ich in die Zukunft schauen. Wird er unserem Volk ein Heil oder ein Unheil?«

»Ich hoffe, ein herrliches Heil.«

»Ich will's glauben – und so leichter sterben. Aber schwöre mir – sonst kann ich nicht Friede finden noch Freude in Walhall! – schwöre mir bei Wodan:

Laß ihn nicht freveln gegen Götter und Menschen – eher – hörst du? – soll er sterben! Töte ihn!«

»Childerich! Welche Wahngebilde! Du fieberst.«

»Mag sein!« schrie der Leidende, »aber diese Sorge beißt bitterer als die Wunde. Ich kann nicht Ruhe finden« – und er fuhr hastig empor, warf die Decke von sich und wollte von dem Lager springen, aber er taumelte. Sie fing ihn auf. Er lehnte an ihrer Brust. »Schwör's, schwör's! Laß ihn nicht leben, frevelt er gegen Götter und Menschen. Hast du mich je geliebt – schwör's … ich bitte … ich befehle !« Und er sah flehend und zugleich drohend in ihr Auge.

Von Mitleid überwältigt, legte sie die Hand auf sein heftig pochendes Herz. »Ich schwöre bei Wodan, dann soll er nicht leben«, sprach sie und ließ ihn sanft auf das Lager zurückgleiten.

II

Da sprang der Knabe mit einem Satz durch den Vorhang über der Schwelle. Beide Eltern erschraken. Er kicherte wieder wie ein Elbe. »Hi, hi! Wie ihr zucktet. Ihr fürchtet euch. Geschieht euch recht! Gewiß habt ihr wieder Böses vom armen Chlodwig geredet.«

»Wie kannst du so frech sein?« drohte die Mutter. »Und so roh! Den Vater so erschrecken, der schwer leidet.«

Im Augenblick war der spöttische Ausdruck verschwunden aus dem immer von wechselndem Mienenspiel bewegten Gesicht. Scharf spähten, aber mitleidvoll jetzt, die grauen Augen auf den Vater, die Mundwinkel sanken traurig herab: »Was denn! Was denn? Der Vater? Noch immer Schmerzen? Es ging doch besser!«

»Ich werde bald von allen Schmerzen frei sein«, sprach der Wunde.

»Das ist gut.« Der Sohn lachte. »Ist so langweilig ohne dich. Dann jagen wir wieder Bär und Auerstier und reiten wieder gegen das verfluchte Nest Soissons – aber diesmal nachts und ohne vorher die Waffenruhe zu künden …«

»Schäme dich«, schalt der Vater in hoher Erregung. »Hieher! An meine Seite. Noch näher. Ich habe nicht viel Stimme …«

»Vater! Du wirst mir doch nicht sterben?« Aus tiefem, wirklichem Gefühl kam das heraus. Aber rasch fuhr er lachend fort: »Noch nicht! Bin noch zu jung! Die Franken wählen mich noch nicht zu deinem Nachfolger. Nun, Mutter! Was denn! Was denn? Was schlägst du mich?«

»Du herzloser Bube! Das sagst du dem sterbenden Vater?«

»Ja«, stotterte der Gescholtene, die geschlagene Wange reibend, »jeder Königssohn will, glaub' ich, König werden.«

Childerich lächelte trüb. »Laß ihn. Diese Offenheit, ob frech, ist nicht sein Schlimmstes.«

»Siehst du, Mutter, wir Männer verstehen uns besser.« Chlodwig lachte, immer noch die Wange reibend. »Beim lodernden Loge, das tat weh.« Und damit ließ er sich auf einem Schemel neben dem Lager nieder und streichelte des Kranken blutleere, abgemagerte Hand.

»Mein Sohn, vernimm meine letzten Ratschläge und Befehle. Folge in allen Stücken deiner Mutter, der edlen Frau, denn sie ist hochgemut, der Geist Wodans lebt in ihr. Wehe dir, wenn du sie je betrübst! Und halte fest im Vertrauen auf die alten Götter unseres Volkes, unsere hohen Ahnen, die unsere Sippe groß gemacht haben. Ehre ihre heiligen Haine, zumal den uralten dort am Rhein, im Gau

Toxandria, der unseres Volkes Wiege. Halte Friede mit den Bischöfen der Römer: Schone ihre Kirchen, aber laß dir nicht allzuviel von ihnen einreden.«

»Oh, ich werde schon nicht!«

»Halte dich, wann du nun den Königsstab tragen wirst –«

»Also du meinst, sie wählen mich?« Rasch kam die Frage, der scharfe Blick loderte.

»Ja, sie werden dich wählen aus …«

»Aus Liebe, aus Dank für deinen Vater«, fiel die Mutter ein, »aus dem Glauben, der Sohn wird ihm gleichen an Heldenschaft.«

»Ich bin nicht feige, Mutter!« grollte Chlodwig.

»An Treue und Ehre«, sprach der König schwer atmend. »Vergiß es nie: Wohl ist Klugheit dem König vonnöten, und nicht leg' er das Herz auf die Zunge. Arg ist gar mancher unserer Nachbarn, am ärgsten der Römer. Also, schweigen und klug sein ist gut, aber den Sieg hat uns Siegvater gelegt ins Schwert, nicht in den meuchelnden Dolch. Kein Sieg gedeiht, den Treubruch und Tücke erlistet haben. Am Ende gewinnt immer die Wahrheit! Stirb stolz, ehe du treulos lebst. – Und nun wisse, vom Urgroßvater – von Merowech her – vererbt – dem sagte man, ein Wanderer – Wodan war's – ließ es als Gastgeschenk in der Halle zurück beim Abschied –, ist unserer Sippe ein Siegesschwert zu eigen …«

»Wo? Wo ist dieses Schwert?« Voll feuriger Gier sprang der Knabe auf.

Aber der Wunde fuhr mit Anstrengung fort: »Und außerdem – ein Hort, ein reicher Hort ist der Könige bester Freund in der Not! Ein Hort, der dir aber nicht gleich zur Hand sein soll – nur als letzte Zuflucht, sonst vergeudet ihn deine Jugend. Geborgen liegt bei dem Siegesschwert ein gewaltiger Hort für dich.«

»Wo? Vater, wo?«

»Das sollst du noch nicht erfahren, erst in höchster Not. Und nur – nur zwei Augen – zwei einzige auf Erden – wissen darum und sahen ihn liegen.«

»Wer! Wer ist das?« Er faßte mit den beiden Händen die Rechte der Vaters.

»Das ist … o der Schmerz. Leb wohl, mein Weib! Leb wohl, Chlodwig! Halte Treue, hörst du? *Treue!* Ah! Schwör's! Treue! Schütze die Weihtümer der Götter, schütze ihre Verehrer. Schwör's.«

»Ich schwöre«, sprach der Knabe, tief ergriffen.

»Nun ist's gut.«

Und mit tiefem Aufseufzen sank er zurück und war tot.

III

Nach wildem Aufschrei des Schmerzes, mit dem sich die hehre Gestalt der Königin über den Gatten geworfen hatte, war sie allmählich von seiner Brust hinab auf die Knie geglitten, mit beiden Armen seine Schultern umfaßt haltend. Sie konnte nicht weinen.

Nicht lange hatte Chlodwig bei dem Vater geweilt. Heiß waren ihm die Tränen in die Augen geschossen, heftig hatte er geschluchzt. Aber bald wischte er das Naß von den Wangen und sah von dem ernsten, durch den Tod geweihten, strengen Antlitz hinweg. Es schien ihm zu drohen oder doch die letzte Mahnung – wie versteinert – zu verewigen.

Unstet wandte er das Auge und ließ es im Gemach umherwandern. Da traf es auf den neben dem Speer an der Wand lehnenden Königsstab, einen weißen Eschenstock, der oben in eine greifende Hand aus Gold auslief.

In leisen, kleinen Bewegungen des feingliedrigen Leibes glitt Chlodwig langsam hinter den Rücken der Mutter, wandte sich und geschmeidigen und geräuschlosen Schrittes huschte er in jene Ecke, haschte mit katzengleich sicherem, unhörbarem Sprung und griff den Stab und war im Augenblick durch die enge Wandtür verschwunden.

Bald scholl sein freudiger Schritt in dem entlegenen Hof, wo er die im Palatium lebenden Knaben der Edelinge zum Nachtmahl versammelt wußte. Plötzlich sprang er unter sie. Erschrocken fuhren sie auf. »Was denn? Was denn?« rief er, den Stab über seinem Haupt schwingend. »Ja, fürchtet euch nur! Und gehorcht mir. Mein Vater liegt tot, und *ich* bin euer König. Hier halte ich seinen Stab. Laßt sehen, wer ihn mir wieder abnimmt.«

*

Der Sohn hätte es nicht nötig gehabt, bei dem Verlassen des Gemaches so ängstlich jedes Geräusch zu vermeiden, denn die Witwe, die ihm freilich den frechen Griff nach dem Königsstab verwehrt hätte, den nur die Wahl des Volksheeres gültig verleihen konnte, lag so tief in ihren Schmerz versunken, daß sie noch eine geraume Zeit nichts Äußeres wahrnahm.

So hatte sie es auch nicht bemerkt, als, lange nach Chlodwigs Entfernung, der Vorhang des Haupteingangs ganz leise auseinandergeschoben und eine schlanke graue Gestalt auf der Schwelle sichtbar wurde.

Freilich, so schattenhaft, so unirdisch leicht schien das zarte Wesen, die Bewegungen waren so leise, wie die Jungfrau nun im Rücken der Trauernden über den glatten Marmorestrich zu dem Sterbelager dahinglitt, daß sie mehr einer Geistererscheinung als einem Menschenweib glich.

Nachdem die Schlanke an dem Fußende des Lagers angelangt war, ließ sie sich hier niedergleiten, drückte demütig das blondgelockte schmale Haupt, die weiße Stirn mit den stark durchschimmernden blauen Adern auf die Zehenspitzen des Toten und umfaßte mit den fromm zum Gebet gefalteten Händen seine Knöchel.

Lange lagen sie so die beiden Frauen, die Witwe zu Häupten, das Mädchen zu Füßen des toten Mannes.

In tiefem Schweigen stand das Gemach. Auch von Außen drang kein störender Laut herein. Es war wie ein Grab, so feierlich. Die Schauer der Ewigkeit webten um die drei Gestalten.

Endlich erhob sich, tief aufseufzend, Basina, beugte sich über den Gatten und drückte einen Kuß auf seine bleiche Stirn.

Nun zurücktretend, gewahrte sie die rührende Gestalt, die so demütig da auf der Erde neben dem Pfühl hingegossen lag.

Ohne Erschrecken, ohne Befremdung sogar sah sie auf das Mädchen in den grauen Schleiern hinab. Sie nickte leise, als habe sie das erwartet.

»Genovefa!« sprach sie nun ernst, aber ohne Strenge.

Die Beterin richtete sich langsam auf. Auch sie ohne Hast, ohne Scheu. Sie schlug die tiefdunkelblauen Augen mit den großen Augensternen voll auf und hob einen langen Blick zu dem gewaltigen Weib empor, das sie hoch überragte. Sie rang nach einem Wort. Sie fand keines.

»Ich wußte«, sprach die Frau, »du würdest kommen, wenn – aber woher wußtest du …«

»Die Heiligen!« erwiderte das Mädchen mit wohltönender Stimme. »Sie sprachen diese Nacht im Traum zu mir: ›Geh' hin, Genovefa. Er wird die Sonne nicht mehr aufsteigen sehen. Geh' hin, und bete bei dem Toten für seine Seele.‹ Darf ich, Frau Königin?«

Basina zog die starken Brauen in die Höhe. »Immerhin! Überflüssig für ihn, denn er sitzt jetzt selig an Walvaters Seite. Aber *dir*, *deiner* Seele, tut es gut. So bete denn. Ich lasse dich allein bei ihm. Im Tod, wie so oft im Leben. Du hast ihn mir nehmen wollen – unseren Göttern, mein' ich. Er blieb ihnen treu.«

»Ich wollte seine Seele retten«, hauchte Genovefa und erschauerte.

»Ich weiß. Und ich weiß auch – *nur* für den Christenhimmel wolltest du ihn mir nehmen. So wähntest du wenigstens. Ich ließ dich gewähren mit dem Lebenden …«

»Ich – die Mutter – die Schwestern danken ihm alles! Leben – Ehre«, sprach die Christin hastig. »Als mich nach der Erstürmung von Avron die Krieger davonschleppten, hat er …«

»Ja. Und *dein* Dank war warm. Ich verstand es. Und versteh' es. Ich gehe, um seine Gruft zu bestellen. Küsse ihn, Genovefa.«

Und hoch aufgerichtet schritt sie hinaus.

Da warf sich das bleiche Kind in heißem Schmerz neben dem Toten nieder, faßte seine herabhängende Hand und küßte sie. »Ah, auf ewig verdammt! Verdammt um das Weib des anderen! O heilige Jungfrau, erbarme dich seiner! – Verdammt um ihretwillen!«

IV

Mit großem Gepränge war König Childerich in einer Hügelgruft zu Tournay bestattet worden.

Sein Lieblingsfalke wurde ihm nachgesandt in den Tod. Wenig ahnten die heidnischen Priester, die hierbei walteten, daß seine christlichen Enkel – gleichsam zur Sühne – dereinst eine Basilika dem heiligen Martin von Tours zu Ehren über der Gruft aufführen würden.

Am selben Tag hatte das nach Tournay berufene Volksheer der drei kleinen Gaue, auf die des Verdorbenen Königtum beschränkt gewesen war, den fünfzehnjährigen Erben, der vor kurzem erst die Schwertleite empfangen, aber sich sofort in dem Zug gegen Soissons derselben vollwürdig bewährt hatte, zu Childerichs Nachfolger erkoren.

Nicht ganz ohne Widerspruch war das geschehen.

Es fehlte nicht an Männern in dem Volksheer, die, bei aller Dankbarkeit gegenüber dem Vater, den Sohn doch noch zu knabenhaft fanden, um ihr Führer im Kampf, ihr Richter im Königsding zu sein. Es wurde daran erinnert, daß nahe Gesippen des Gaukönigs von Tournay – ebenfalls Merowingen – Vettern Chlodwigs, gereifte Männer in den Nachbargauen zu Cambrai, zu Thérouenne, zu Le Mans walteten. Einige unter diesen wurden als

Nachfolger Childerichs vorgeschlagen. Die weiter Denkenden wiesen wohl auch darauf hin, es sei bei der gefährdeten Lage der einzelnen salischen Gaue wünschenswert, daß ihrer mehrere unter einem König zusammengeschlossen würden. Jedoch der Dank gegenüber Childerich und das Vertrauen auf die bereits bewährte Kühnheit und Klugheit seines Sohnes drangen durch. Er wurde erkoren und nahm den Königsstab aus des ältesten Richters Hand.

Aber dermaßen erhitzt und erbost hatte jener Widerstand den Rotlockigen, daß er, als nun die Entscheidung gefallen und gegen Abend das Volksheer aus dem Blachfeld vor den Wällen der Stadt abgezogen war, um sich in die nahen Heimatorte zu zerstreuen, brennenden Kopfes zu seinem Waffenbruder Guntbert lief und in ihn drang, mit ihm in den nahen Königstann zu reiten.

»Warum?« fragte der ruhig, übrigens schon bereitwillig zum Marstall schreitend. »Um was zu tun?«

»Was denn? Was denn? Um zu reiten, zu rennen, tief Luft einzuatmen, noch mehr die Hitze auszuatmen, die ich all die Stunden mühsam in mir halten mußte.«

Kaum hatten die beiden das schmale Walltor im Süden der kleinen Veste hinter sich, als Chlodwig seinem Rotroß den Sporn so scharf in die Weichen schlug, daß das edle Tier hoch aufstieg und wie ein

Pfeil auf der alten gut erhaltenen Römerstraße nach Cambrai voranschoß.

Nur mit Mühe konnte Guntbert auf seinem Braunen folgen.

Erst tief im Inneren des Waldes zog der hitzige Reiter die Zügel. Dichter Schaum floß dem Pferd vom Gebiß, als es stand.

Sofort sprang Chlodwig ab und warf sich auf das weiche Moos, tief atmend und mit beiden Armen um sich schlagend.

Auch Guntbert stieg nun langsam ab. Kopfschüttelnd fragte er, den steten Blick der treuen Augen auf den Zappelnden richtend: »Was hast du, Chlodwig?«

»Was ich habe! Königtum hab' ich. Macht hab' ich – zwar nicht viel, aber wartet nur! Ihr sollt euch wundern – alle. Auch du! Aber zumeist – nun zum Beispiel meine lieben Vettern in Cambrai und Le Mans! Die können froh sein, daß ich schließlich doch erkoren wurde!«

»Froh? Die wären wohl lieber selbst König *deiner* Gaue geworden!«

»Wären's ja nicht geworden! Hätte sie sogleich umbringen müssen. Nun haben sie noch ein par Jahre gewonnen. Denn jetzt müssen sie mir erst helfen gegen – nun, eben gegen andere. Dann kommen sie dran.«

»Wie abscheulich!«

»Was denn? Ist ja dumm! Schau, das einzig Gescheite, was gegen mich gesagt wurde, war das von der Vereinigung mehrerer Gaue unter einem. Der Mann hatte recht, der alte Wisogast. Und recht soll er behalten. Der wird noch viel Freude an mir haben. Ich werde viel mehr unter mir vereinen, als er ahnt! Warum ich dir das sage, Guntbert? Ja, ist vielleicht dumm. Man soll das Herz nicht auf der Zunge tragen, warnte der Alte. Aber sieh, manchmal muß das Herz heraus! Und ich habe keinen, dem ich's ausschütten mag.«

»Deine hohe Mutter?«

Chlodwig furchte leicht die Stirn. »Die ist mir zu – nun, zu göttingleich. Sie taugte besser dazu, in Asgardh Königin zu sein an Frau Frikks Statt als meine – Unterweiserin in diesem vieldurchkämpften Gallien. Und dann – wozu ein zweites Gewissen? Hab' ich das leise da drinnen in der Brust zum Schweigen gebracht, dann fängt Wodans Enkelin an, laut zu mahnen. Beim lodernden Loge! Ich wüßte schon selbst, was gut ist, wenn ich's tun wollte. Ist ja dumm. Und dumm ist freilich auch von mir, daß ich dich gut leiden mag, du plumper Mann, du Eichblock. Aber auch wieder nicht dumm. Denn ein König muß einen haben, der ihm dient, treu, scharf, stumm wie das Schwert. Und das sollst du mir sein. Bist es schon.

Sollst aber noch fester gebunden werden. Merk' auf – neige dein Ohr: Weißt du, wen ich zum Weib nehmen soll nach vieler Wunsch und Rat? Merkst nichts? Es geht dich doch recht nah an? Sieh, wie es dir ins Gesicht schießt! Ja, ja, Bertrada, deine Bertrada.«

»O Chlodwig!« stöhnte der Jüngling.

»Was denn? Was denn? Wenn ich's wollte, würde ich dir's sagen? Ist ja dumm! Will sie nicht! Wohl ist sie schön – sehr schön sogar. Das, was man edel nennt. Möcht' sie wohl … Bin nicht blind. Aber ist ja dumm.

Mein Weib muß mir nicht Schönheit einbringen und ›Tugend‹ und all das Zeug, sondern ein Königreich. Nun stammt ja Bertrada aus edlem Geschlecht der Thüringer – ihr Vater hat meiner Mutter – nun, sagen wir in kindlicher Schonung«, – er lachte häßlich – »›Reise‹ aus Thüringen zu meinem Vater begleitet.«

»Wie meine Mutter.«

»Jawohl, damals Frau Basinas beide einzige Helfer. Und darum raten viele kluge Männer – ist *nicht* dumm! –, ich solle die Thüringer Tochter nehmen und, auf ihr Erbe gestützt, das ganze Thüringen. Ist doch dumm! Ist noch zu früh! Zu weit weg. Es gibt andere Reiche, näher, schöner, reicher. Also, horch hoch auf, verliebter Guntbert: Dein König entsagt großherzig – wie er nun einmal ist – Bertraden und gibt sie dir!«

»O Chlodwig! Du bist gut.«

»Glaube nur das nicht! Fällt mir gar nicht ein!«

»Dank! Dank! Mein Blut – mein Leben …«

»Was denn? Ist ja dumm. Das heißt: nein. Ist sehr recht von dir. Ist sogar deine Pflicht gegenüber deinem König. Und nun – ich weiß! – bist du mir noch viel fester zur Treue verbunden als durch die Blutsbrüderschaft, die wir vor wenigen Nächten schlossen. Sieh, da ich heute so froh bin, daß ich den Königsstab gewann, wollt' ich auch dich erfreuen. Nein, danke mir nicht! Denn zuletzt hab' ich es doch nur aus Schlauheit getan. Viel lieber als Thüringen ist mir … nun, was anderes. Und dich will ich mir verpflichten auf Leben und Tod. Komm! Nach Hause! Es wird kühl in dem Waldmoos. Laß uns die Hengste heiß zurückhetzen. Wenn ich nur das eine wüßte«, sprach er beim Aufsteigen, unhörbar für den Freund, »wenn ich doch den toten Vater wieder aufwecken könnte!

Nicht für lange! Beileibe! Ich will König bleiben. Aber daß er starb, ehe er das eine Wort sagen konnte! Wer, wer weiß um das eine und um den anderen? Da steigt der Stern Freias auf! Schau her, Stern – ich befehl' es –, hier siehst du einen König!«

V

Ein paar Tage darauf schritt die verwitwete Königin – sie trug graue Trauerkleider und hatte jeden Schmuck abgelegt – in dem nach römischem Geschmack angelegten viereckigen Gärtlein des bescheidenen »Palatiums« zu Tournay auf den mit buntem – rotem und gelbem – Sand bestreuten Wegen in der Mitte eines schönen jungen Paares langsam auf und nieder.

Zu ihrer Rechten ging der stattliche Guntbert. Aber er ließ schwermütig das Haupt sinken, und das holde blonde Mädchen, das an Basinas linkem Arm hing, drängte, hart kämpfend, die Tränen zurück. »Es ist nicht möglich«, sprach die Königin hauptschüttelnd vor sich hin. »Er hat es dir versprochen, sagst du, Guntbert?«

»Fest versprochen. Und meinen Dank dafür genommen. Und gesagt, nun sei ich ihm noch stärker verpflichtet!«

»Und zwei Tage darauf …«

»Ruft er mir vom Gaul herab, an mir vorüber sprengend, zu: ›'s ist nichts mit Bertrada. Die kriegt ein anderer!‹«

»Nie!« sprach die Jungfrau ruhig. Und nun, da sie sich hoch aufrichtete, die großen, hellen Augen gen Himmel richtend, sah man erst, wie hochgewachsen auch sie war.

Schweigend drückte die Königin ihren Arm an die Brust.

»Und bald erfuhr ich«, hob Guntbert wieder an, »wie das kam und wer mir vorgezogen wird. Seit ein paar Wochen weilt ein Römer hier, ein Gesandter des Burgundenkönigs …«

»Cautinus!« Die Königin nickte. »Ein Neffe des Bischofs Theoplastus von Genf. Ich sah es wohl, mit welchen Blicken er die Schlanke verfolgte«, grollte sie drohend und zog die Brauen zusammen. Da sah sie wirklich aus wie eine zürnende Göttin aus Asgardh.

»Der warb um sie bei ihm, ist er doch ihr Muntwalt, da sie, die Fremde, eines Thüringers Tochter, rechtlos ist im Land und nur vom König geschützt. Der Römer bot ihm Gold – erzählte mir Ansovald, der Antrustio, der dabeistand, viel Gold …«

»Verkauft wie eine Ware!« sprach Bertrada. »Aber ich habe eine Seele. Und … des Vaters Schwert.« Und sie hob die geballte Faust.

Da blieb die Königin stehen und küßte des Mädchens Stirn. »Du Wackere! Das ist deines Vaters Art. Wie er sich selbst Treue hielt – und mir –, so du. Als alle, alle, die jahrelang der Königin am Königshof der Thüringer geschmeichelt haben, feige, treulos, falsch von mir abfielen in der Stunde der Gefahr, da haben nur zwei Herzen der Verfolgten die Treue gehalten: dein Vater und, Guntbert, deine Mutter. Sie allein teilten viele Monate lang die Gefahren, die Schrecknisse meiner Flucht durch die in Winterschnee starrenden Wälder, über das bröckelnde Eis aller Ströme von der Unstrut bis an die Schelde. Den Bären und den Räuber hat mir dein Vater, Bertrada, vom Leib gewehrt. Deine Mutter, Guntbert, hat mir die wunden Füße gesalbt. Zuletzt haben mich beide zwei Tage lang getragen. Wohlan denn: Treue um Treue! Ich werde euch helfen, ich werde euch vereinen, so wahr ich den Treulosen geboren habe!«

»Das zählt dir nicht bei mir, Mutter«, rief eine hohe Stimme. Und Chlodwig sprang hell lachend hinter dem Vorhang hervor, der den Garten von dem Opisthodomos schied. »Das hast du nicht mir zuliebe getan. Kanntest mich ja noch gar nicht!«

Unwillig blieb die Königin stehen. Das Mädchen drückte die Faust auf die Brust.

»Ich hab' dein Wort!« rief Guntbert.

»Da hast du auch was Rechtes. Ein König muß viele Worte haben: ja und nein nebeneinander!

Der andere hatte auch eines meiner Wörter. Was denn? Hilft ihm auch nichts. Ist ja dumm!«

»Chlodwig! Halte Treue. Es war des Vaters letztes Wort.«

Sehr ärgerlich drehte sich der junge König auf der Ferse um sich selbst herum.

»Mutter, wenn du mir immer nur mit diesem Wort kommst – ich … ich ertrag's nicht. Ist ja …« Er fing das rohe Wort ab. Aber er sprach zu sich selbst: »Mit ihrem Starenlied von der Treue! Sie wird mich mal so ärgern, daß ich sie nach ihrer ›Reise‹ aus Thüringen frage …« Er atmete noch mal heftig. Dann hatte er sich bezwungen. »Wozu all das Gerede? Ist ja dumm. Wollte ich diese junge Walküre für mich haben – ja, blitze nur mit den Blauaugen! – oder für einen anderen, so würde mich weder ihres Vaters dummes altes Schwert – wo mag es übrigens sein?«

»Unter meinem Hauptkissen.«

»Noch Guntberts Zorn noch der Frau Mutter Treuegesang abhalten. Meint ihr, ich fürcht' euch? Ich fürchte nur – manchmal – mich selbst. Aber beruhigt euch, ihr Lieben. Es hat mich schon lange wieder gereut. Der Römer bot mir – nach genauer Schätzung! – doch nicht so viel, wie Guntberts Treue wert ist. Cautinus ist samt meinem Königswort weggeritten – aber ohne die Braut! Die Braut ist Guntberts! Das bezahlte Brautgeld hab' ich freilich dem anderen vergessen zurückzugeben … Ja, was willst du, Mutter? Der Schatz ist leer! Ein König ohne Geld ist … ist ja dumm. Und Wodan, dein hoher Ahn, hat auch gar oft Riesen und schöne Weiber – betrogen. Treue halten ist gut für Untertanen, Götter und Könige können das nicht erschwingen.

Also rüstet den Brautlauf! Schöne Bertrada, dem ersten Knaben leg' ich mit dem Namen ein Zahngeschenk in die Wiege. Kann man nicht Vater sein des Kindes eines schönen Weibes – denn du bist wirklich schön, du Trutzige, nur gar zu herb! –, ist es eine Art Abfindung, Namengeber dieses Balges zu werden!«

»Chlodwig! Du bist …«

»Ja, Mutter, nicht ganz so … feierlich wie du. Wer weiß, welcher Elbe *mein* – Pate war und mir seine Art zum Zahngeschenk gab? Man raunt allerlei davon im Volk der Franken!«

VI

Wenige Jahre nach Chlodwigs Thronbesteigung schrieb Theoplastus, Bischof der burgundischen Stadt Genf, an Remigius, den frommen, weisen und edlen Bischof von Reims, das Chlodwig längst gewonnen hatte: »Remigius, dem in Christo geliebten Bruder, der da zu Reims den Bischofstuhl schmückt, sendet bischöflichen Gruß Theoplastus von Genf.

Es ist wohlgetan, geistlicher Pflicht und weltlicher Klugheit gleich entsprechend, daß sich die Hirten der christlichen Herde über die trennenden Grenzen der weltlichen Reiche hinweg brüderlich die Hände reichen und gemeinsame Zwecke gemeinsam verfolgen, ohne Rücksicht auf die Vorteile der Staaten, denen sie – dem Leib nach – angehören.

Denn der Seele nach gehören sie nicht den weltlichen Reichen an, sondern dem Reich Gottes. Die weltlichen Reiche aber und ihr Recht sind nur ein notwendiges Übel, eine Frucht des Sündenfalles. Im Paradies gab es weder Recht noch Richter. Eine Folge also der Verführungstat des Teufels sind Recht und Staat, diese leidigen Krücken der erkrankten Menschheit. Die gesundete wirft sie von sich am Tag des Gerichts, da Recht und Staat untergehen werden, zugleich mit dem Teufel, von dem sie verschuldet sind, wie Sankt Augustinus in seinem herrlichen Werk ›vom Gottesstaat‹ schreibt. Dieses Buch sollte man als Gesetz in allen Staaten von Christen verkünden. Da würde kein König mehr der Kirche Rechte kränken können, denn alle Geltung – schreibt Sankt Augustin –, die dem Staat, dem weltlichen Gesetz, zukommt, kann nur das ewige Gesetz der Kirche verleihen.

Daran müssen wir Tag und Nacht denken und danach unseren Gehorsam gegenüber den Königen der Welt bemessen.

Auf diese Gedanken wurde ich geführt, weil Dir das, was ich Dir, in Christo, geliebter Bruder, vorschlagen werde – unter dem Siegel priesterlichen Schweigens! – vielleicht auf den ersten Blick bedenklich erscheinen kann, als ob es mit der Treue des Untertans gegenüber seinem König etwa nicht sonderlich gut vereinbar sei. Allein in der Priesterweihe legen wir den natürlichen, den weltlichen Menschen und unsere Volksart ab und ziehen einen geistlichen Menschen an. Nur der weltliche aber war an den Staat gebunden, nur ihn verpflichtete der Eid der Treue, den jener – noch als Laie – geschworen hatte.

Es handelt sich – kurz gesagt – darum, die Herrschaft Eures jungen Königs über dieses unglückliche Reich der Burgunden auszudehnen.

Du staunst, Du fragst: ›Wie kommt ein Bischof dazu, sich einen Heiden zum Herrscher zu wünschen statt der beiden christlichen Könige, unter denen er steht?‹

Die Antwort lautet: Die burgundischen Könige sind Ketzer, Arianer. Sie sind nicht Christen, denn sie gehorchen nicht bischöflicher Vermahnung. Und der heidnische Frankenkönig? Nun, der muß eben katholisch werden!

Mit unsäglicher Mühe habe ich seit Jahren im Verein mit den Mitbischöfen in Burgund König Gundobad von seiner arianischen Ketzerei hinweg für das Bekenntnis des heiligen Athanasius' zu gewinnen gesucht. Ein großes Religionsgespräch zwischen uns und seinen arianischen Balspriestern, in dem ich alle Kraft des Geistes – sie ist, wie du weißt, nicht ganz gering! – aufwandte, brachte ihn nur zu einem Achselzucken wie weiland Pontius Pilatus!

Nun, da er nicht hören will, soll er fühlen! Er unterdrückt uns nicht gerade, aber er läßt uns auch nicht frei gewähren, freilich auch seine arianischen Bischöfe nicht. Die Kirche aber ist nicht frei, wenn sie nicht herrscht.

Darum haben wir, die rechtgläubigen Bischöfe im Reich der Burgunden, unsere Augen auf einen anderen geworfen, um den ungehorsamen Ketzer durch einen gehorsamen Sohn der Kirche zu ersetzen: auf euren König: Chlodwig.

Es ist staunenswert, was dieser junge Heide in den wenigen Jahren seiner Herrschaft vollbracht hat: Er gemahnt an den Knaben David, den Sohn Isais.

Noch nicht zwanzig Jahre alt, hat er Syagrius, den letzten Befehlshaber, der noch römischen Besitz in Gallien behauptete, vor seiner Stadt Soissons geschlagen. Er selbst – der junge König – soll in dem Kampf das Beste getan haben. Auf seinem Rotroß seiner Gefolgschaft vorausjagend, entriß er mit eigener Faust dem Tribun den letzten Adler der letzten römischen Legion, der noch in Gallien die goldenen Schwingen hob, ihn und vier Centurionen im Einzelkampf um dieses Feldzeichen erschlagend. Er – der erste, weit vor all seinem Heer! Dann zerschlug er mit seiner Streitaxt das Tor von Soissons, drang ein, nur von einem Gefährten gefolgt, und wehrte sich, den Rücken an den Wall gelehnt, lange, lange Zeit, bis die Nachdringenden ihn, den nach vielen Wunden Gefallenen, unter dem Schild seines blutenden Gefährten hervorzogen.

Und seit er Soissons gewonnen hat – bei der Teilung der Beute mit seinen Franken soll er allerdings das meiste heimlich für sich beiseite gebracht haben! –, hat er wie ein fressendes Feuer um sich gegriffen. Oder vielmehr: Gott und die Heiligen haben ihn von Erfolg zu Erfolg getragen, wie da geschrieben steht in den Psalmen: ›Ich werde die Völker unter dich zwingen und die Leute werfen unter deine Füße, ich will deine Feinde zerstoßen wie Staub vor dem Winde.‹

Er findet keinen Widerstand – oder überwindet ihn, wie von den Flügeln der Engel hinübergetragen. Bis an die Seine, ja bis an die Loire hin, gewann er alles Volk, mehr durch Klugheit als durch Waffengewalt, die Römer und die alten Einwohner in der Bretagne fallen ihm zu. Bald wird er in Paris einziehen, wo die fromme Jungfrau Genovefa, seines Vaters Schutzbefohlene, eine Heilige, die bei lebendem Leib allerlei Wunderzeichen verrichten soll, die Seelen der Einwohner für ihn gewinnt.

Nun, in Christo, geliebter Bruder, dieser Mann, dem sichtbarlich Gott und die Heiligen die Wege bahnen – was ist er? Ein Heide! Freilich!

Seine Erfolge aber sind so groß, daß man nicht mehr sagen kann: Gott läßt sie nur zu zur Strafe unserer Sünden, wie Pest oder Hungersnot, nein, Gott will durch diesen Mann seine Kirche verherrlichen auf Erden. Und wir – wir müssen dazu helfen mit irdischen Mitteln zu himmlischen Zwecken. Das ist des Priesters, des Bischofs wichtigste Pflicht! Denn von Anfang hat sich der Merowinger – klug oder gut – gar freundlich zu den Bischöfen seiner Städte gestellt. Er, der Heide!

Ganz anders als jene gottverfluchten Könige der Goten und unsere burgundischen, die beide zwar Christen heißen, aber üble Ketzer sind!

Zehnmal schlimmer der Ketzer als der Heide!

Der Heide hat das Wort des Heils noch nicht vernommen oder nicht verstanden, der Ketzer hat es vernommen und in Unheil verkehrt.

Die Ketzer verfolgen die Katholiken. Die Heiden lassen sie gewähren, ja, ich kenne manchen heidnischen Germanen, der wie vor seinen Göttern vor Sankt Martinus fromm die Knie beugt. Wenn er zwölf Götter verehrt, warum nicht vierundzwanzig? Schon jetzt, da Chlodwig noch Heide ist, sehnen sich gar viele Katholiken in Burgund und im Westgotenreich – so schreibt mir zum Beispiel der Bischof von Langres – seine Herrschaft herbei. Er schützt sie jetzt schon, die Arianer bedrücken sie.

Dieser Merowinger scheint von Gott dazu berufen, große Macht in Gallien zu gewinnen. Wohlan, er *soll* sie üben. Aber im Dienst der heiligen Kirche.

Diese Gedanken nennst Du vielleicht allzu weltlich? Denn wohlbekannt ist mir Dein frommer, reiner, nur auf das Himmlische gerichteter Sinn.

Wohlan, so vernimm denn: Die Heiligen haben jene Gedanken feierlich gebilligt.

Viele Monate lang – seit jenem Religionsgespräch, in dem ich den schnöden Zweifler Gundobad nicht zu überzeugen vermochte – zu meiner tiefen Demütigung! – wälzte ich Tag und Nacht diese Erwägungen im Kopf und bat die Heiligen, mich zu erleuchten. Vor drei Tagen schlief ich – nach langem Planen und Beten – ein. Alsbald erschienen mir, die Häupter vom Strahlenkranz umleuchtet, die heiligen Bischöfe Martin von Tours und Hilarius von Poitiers, die ich zuletzt im Gebet angerufen hatte, und sie sprachen: ›Mein Sohn Theoplastus, du bist auf dem rechten Weg: Das Reich der Burgunden soll und wird den Franken zufallen, und du selbst wirst den Merowinger zum Taufbecken geleiten. Die Ehrung, die Gundobad dir versagt, wird Chlodwig dir reichlich leisten.‹

Nach diesem Gesicht ist mir der letzte Zweifel geschwunden. Ich schwöre Dir: So haben die Heiligen gesprochen.

Nun erwäge meine Worte, vor allem aber die der Heiligen, und verweigere nicht deinen Beistand zu einem frommen und heiligen Werk.

Ich denke dabei nicht gleich an Krieg und Eroberung. Ich will erst den Heiden für den rechten Glauben gewinnen, bevor ich ihm das Reich Burgund in die Hände spiele.

Und dazu hat Gott uns ein treffliches Werkzeug gegeben!

Du weißt, wie die Dinge bei uns liegen. Unsere beiden Könige zwar, Gundobad und Godigisel, die

Brüder, sind Arianer, aber ihre Nichte, Hrothehild, die Tochter des verstorbenen dritten Bruders Hilperich, durfte die katholische Mutter bis zu ihrem Tod im rechten Glauben erziehen. Und ich habe Gott und den Heiligen versprochen, ihnen die Seele der Doppelwaise trotz aller Anfechtung zu erhalten. Ja, dieses schöne, kluge, willenszähe und mir – das heißt der Kirche – schrankenlos ergebene Mädchen, mein Patenkind und Beichtkind, soll des Merowingers Gemahlin werden. Dann müßte es doch seltsam zugehen, wenn wir, falls sie und Du und ich zusammen wirken, den Heiden, der schon jetzt den Katholischen so geneigt ist, nicht bald völlig gewinnen. Und als Gemahl der Tochter des verstorbenen Burgundenkönigs – den dritten Teil des Reiches beherrschte ihr Vater Hilperich – hat er ein Recht auf ein Drittel dieses Reiches. Die beiden anderen Drittel mag ihm dann Schwert oder Vertrag verschaffen.

Der Mann aber, der Dir dieses Schreiben überbringt, verdient Dein volles Vertrauen: Mündlich und schriftlich kannst Du ihm alles mitteilen. Es ist mein Neffe Cautinus. Ich grüße Dich mit apostolischem Gruß.«

VII

Nachdem der aufrichtig fromme, gelehrte, aber auch sehr weltkundige und staatskluge Bischof – er stammte aus einem jener senatorischen und infulierten Geschlechter Galliens, in denen die Senatur in den Kurien der Städte sowie der Bischofstab von Geschlecht zu Geschlecht tatsächlich erblich waren – in seinem Schreibgemach zu Genf das Schreiben nochmal sorgfältig durchgelesen und dann, zufrieden mit dem Inhalt und dem Verfasser, genickt hatte, schloß er es umsichtig mit seinem Siegelring, dessen schön geschnittener Stein, wie er meinte, den heiligen Petrus darstellte. In Wahrheit war es freilich Poseidon.

Nun gab er dem Velarius, der draußen den Zutritt zu dem Schreibgemach hütete, einen Wink. Der führte einen jungen Mann in Priesterkleidung herein. Sie war aus den kostbarsten Stoffen säuberlich, ja vornehm gearbeitet und stand dem etwa Achtundzwanzigjährigen sehr gut. Sein scharfgeschnittenes, echt römisches Gesicht wurde nur für einen Weltentsagenden allzu unstet belebt durch zwei begehrlich funkelnde Augen, so schwarz wie das dichte, nun geschorene Haar. Geschmeidig beugte sich die hagere, mittelgroße Gestalt vor dem Bischof, aber nicht allzu tief.

»Mein ehrwürdiger Oheim hat befohlen«, hob er an. »Ich gehorche ihm – wie immer.«

»Das ist stark gelogen, Herr Neffe« Der andere lachte. »Du hast mir – und übrigens auch deinen Eltern – immer nur gerade so weit gehorcht, wie es dir beliebte. Das muß nun anders werden, Archidiakon. Der Oheim konnte Ungehorsam, argen Leichtsinn und – Schlimmeres verzeihen. Der Bischof verlangt blindes Gehorchen. Die heilige Kirche versteht keinen Spaß. Das sollst du spüren! Also horch auf.

Ich will dir nicht alle deine früheren Streiche und meine älteren Verdienste um dich und deine Schulden – das heißt deine Gläubiger! – vorrücken. Die Nacht, die herannaht, ginge darüber hin. Nur an das jüngst Vergangene will ich dich mahnen, um dir einzuschärfen, welch Großes du mir zu vergelten hast. Weibertoll warst du von jeher …«

»Erst seit meinem dreizehnten Jahr, Oheim!« Der Neffe lachte, die glänzendweißen Zähne zeigend.

»Aber was du in den letzten Jahren alles gegen das sechste Gebot gefrevelt hast, das ist himmelschreiend. Die Gattin des Grafen Victorius hast du entführt, den Mann, der euch einholte, erschlagen –«

»In offenem Kampf.«

»Bald die Entführte laufen – oder sitzen! – lassen und ihre Schwester –«

»Sie war wirklich viel jünger und hübscher –«

»Sogar eine Gott geweihte Religiosa hast du dann –«

»Brich ab, Oheim, es sind ihrer, wie du selbst so weise sagtest, zu viele. Aber weißt du auch – doch wie solltest du, der du so heilig bist, und zumal so alt! –, was mich dazu getrieben hat, in wildem Wechsel wilde Lust zu suchen? O nein!« Und nun nahmen die leichtfertigen Züge des jungen Priesters einen unheimlichen Ausdruck abgrundtiefer, düsterer Leidenschaft an. »Du kannst es nicht ahnen. Sieh, Oheim« – in hastiger Bewegung trat er dicht an den Bischof heran und flüsterte mit funkelnden Augen – »mich verzehrt rasende Glut um ein Weib: das einzige, nach dem ich verlange, mit heißer Gier. Man hat sie mir versprochen! Man hat sie mir genommen, einem anderen gegeben. Und in dem Sehnen nach dieser einen bild' ich mir ein, andere könnten diesen Durst löschen. Umsonst! So jage ich durch das Leben, die Weiber verderbend, mich selbst verzehrend …« Er hielt inne, sein Puls flog, sein Antlitz erglühte.

»Abscheulicher! So wagst du zu reden zu einem Priester des Herrn?«

»Ich beichte.«

»Schöne Beichte: ohne Reue, Buße und Besserung! Das Wergeld für den erschlagenen Grafen, die vielen Bußen und Schweigegelder für deine anderen Untaten, die Kosten und die Schulden deines maßlos schwelgerischen Lebens haben dein Erbe erschöpft, meine Mittel stark geschmälert. Es gab nur ein Mittel, dich zu retten: Ich beschloß, dir die reichen Benefizien meiner Kirche zu Dijon zuzuwenden. Die Früchte sind reich genug, um die Schulden zu decken und dich trefflich zu nähren, und vergeuden kannst du die unveräußerlichen Kirchengüter nicht. Aber Eile tat not: Die Gläubiger drängten! Und so mußte ich dir an einem Tag hintereinander alle Weihen erteilen, den krassen Laien bis zum Archidiakon erheben. Nur einem solchen stehen jene Güter nach der Stiftung zu. Wohl würde streng darüber schelten, erführ' er's, der heilige Vater zu Rom oder Remigius zu Reims. Allein das eine tröstet mein Gewissen. Wahrlich, nicht nur um dir aus der Schuldennot zu helfen, hab' ich die Kanones verletzt, vor allem aus der Not der Schuld. Denn ich vertraue darauf: Du wirst als Priester des Herrn, unter meiner Aufsicht, deine Laster ablegen, und so rette ich deine Seele, mag darüber auch ein Verbot der Kirche verletzt werden.«

Der Neffe verbeugte sich jetzt sehr tief, vielleicht um das spöttische Lächeln zu verbergen, das seinen Mund umspielte.

»Und da ich deinen Eifer, deine Klugheit in weltlichen Dingen kenne, habe ich dich – du *mußt* mir ergeben sein, denn du hast sonst auf Erden keine

Stütze! – auserwählt, einen Auftrag, gleich wichtig für die heilige Kirche wie für den sehr – unheiligen! – Staat der Burgunden, auszurichten. Nimm dieses Schreiben. Du gehst als mein Bote ...«

»Wohin?« fragte Cautinus unwillig. »Doch nicht zu einem der langweiligen Klöster?«

»Nein. An den Hof des Frankenkönigs.«

»Ah! Wie gern!« rief der Neffe blitzenden Auges und ergriff eifrig die versiegelte Rolle.

»Und dann nach Reims, zu dem frommen Bruder Remigius. Ihm gibst du dieses Schreiben. Meine Aufträge an Chlodwig aber sind so geheim – und so gefährlich! – ich kann sie dir nur mündlich anvertrauen. Mache dich reisefertig. Dann komm wieder und vernimm, was ich dir für den Merowinger zu sagen habe.«

»Ich werde sie wiedersehen!« frohlockte Cautinus im Herzen.

VIII

»An Theoplastus, Bischof von Genf, von Remigius, nur durch die Gnade Gottes, nicht nach eigenem Verdienst Bischof von Reims.

In Christo geliebter Bruder!

Nicht durch Deinen Neffen, der noch gar wenig durch die ihm von Dir so rasch hintereinander erteilten Weihen der Weltlichkeit entrückt und dem Himmlischen gewonnen scheint, lass' ich Dir Antwort auf Dein Schreiben zukommen. Denn ich halte kein Siegel für sicher in seiner Hand. Er mißfällt mir durchaus, und ich fürchte, die Verwandtschaft hat Dir in seiner Würdigung die Klarheit des Blickes getrübt. Dein Brief aber ist schwerster, bedenklichster, schlimmster Dinge voll.

Gestatte dem so viel älteren Bruder ein freies Wort der Warnung.

Offen sage ich Dir: Durchaus verwerf' ich Deine Sinnesart, und mit den Pflichten eines Christen, eines Priesters, eines Bischofs scheint sie mir wenig vereinbar. Die Weise, wie Du Dich Deinem weltlichen Herrn, dem König der Burgunden, gegenüber hinter der Pflicht der beschworenen Treue hinwegschleichen willst, kann mir gar nicht gefallen. Hart ist es ohne Zweifel, unter der Herrschaft von Irrgläubigen zu leben, und zehnmal würde ich den Tod erleiden, eh' ich unter ihres Zwanges Druck auch nur ein Haar von meinem Glauben wiche. Aber kluge Ränke zu spinnen, den König, den Dir Gott nun einmal zum Herrn gesetzt hat, der Herrschaft zu berauben – das sollte Dir fern sein! Hast Du vergessen, was der Apostel an die Römer schreibt? ›Jedermann sei Untertan der Obrigkeit, die Gewalt über ihn hat. Denn es ist keine Obrigkeit, sie sei denn von Gott verordnet.‹

Auch ich habe König Chlodwigs – vielleicht nur aus Klugheit gewährte – Milde gegenüber unserer heiligen Kirche hoch zu loben und täglich schließe ich mein Nachtgebet mit der Bitte, Gott möge ihn in den Schoß unserer Kirche führen. Ich würde mich auch herzlich freuen, wollte sich der Himmel einer wackeren und frommen Ehefrau bedienen, um des jungen Heiden Seele zu erretten.

Aber die Hand zu einem Spiel der – Schlauheit zu bieten, um das herbeizuführen, das verbietet mir das Gewissen. Chlodwig ist – ach! – so weit von Christi Geist entfernt wie der Abgrund der Hölle vom Himmelreich. Was würde es helfen, überredete ihn eine junge und reizvolle Gemahlin zur Taufe und seine Seele bliebe so durch und durch unchristlich, ja widerchristlich, wie sie heute – leider! – noch ist?

Ich arbeite an seiner Seele. Das ist mein Recht, weil meine Pflicht. Deine Pläne der Staatskunst aber liegen mir fern. Wie sprach der Herr? ›Mein Reich ist nicht von dieser Welt!‹ Vergib mir um Christi willen, haben meine Worte Dich verletzt.

Remigius, ein Knecht des Herrn.«

Nachdem Theoplastus dieses Schreiben gelesen hatte, zerriß er es unwillig in viele kleine Stücke.

»Und diese Einfalt darf auf dem hohen Stuhl von Reims sitzen!« rief er entrüstet. »Auf einer Säule in der ägyptischen Wüste müßte er stehen! Aber warte nur! Wir wollen doch sehen, ob barbarische Kampf- und Herrschgier, ein schönes Weib und ein eifriger Priester diesen jungen Heiden nicht dahin führen, wohin der Himmel ihn ohne Zweifel geführt haben will. Die Heiligen meines Traumes können nicht gelogen haben.«

IX

In dem salischen Gau Toxandria, auf dem rechten Ufer der Schelde, nahe der Mündung, waren die niemals tief eingeprägten römischen und christlichen Spuren schon seit mehr als hundert Jahren völlig verwischt oder vielmehr überwachsen von germanischem Wesen, das die schon vor Julian hier eingedrungenen Salier verbreitet hatten. Auch dieser letzte große Vorkämpfer des Römertums in Gallien hatte die Franken hier nicht mehr zu vertreiben vermocht.

Zum Teil niemals gerodeter Urwald, zum Teil seit ein par Menschenaltern aufgewucherter Frischwald bedeckten weithin das Land. Ein gewaltiger Hain, hart am Stromufer, war Wodan geweiht. Neun Tage und neun Nächte lang – rühmte die Sage – könne hier Donars heiliges Tierlein, das Eichhorn, von Wipfel zu Wipfel springen, ohne den Boden berühren zu müssen.

Der Hain war umhegt: Bewaffnete, im Dienst des Weihtums, hüteten die drei einzigen Eingänge im Osten, Süden und Norden, im Westen schützte der Strom. Im Norden grenzte der Götterhain an ein stattliches Allod, dessen Halle mit der Rückseite an den Fluß stieß: Es war das Besitztum, das die Königin Basina – das wertvollste von ihren Hofgütern – Guntbert und Bertrada bei ihrer Vermählung geschenkt hatte.

Nur ungern hatte Chlodwig das geschehen lassen. »Ich will den gutmütigen Menschen um mich haben, hier, im Palast«, grollte er. »Er ist mir wie ein Schild oder ein zuverlässiges Roß oder ein wachbarer Hund so treu. Und dann: warum ihn auf einmal so reich werden lassen? Er hätte immer noch ein bißchen treuer werden müssen, weil er immer noch was von meiner Gunst zum Leben hätte erwarten mögen. Ist ja dumm.«

»Seine Mutter und ihr Vater haben wiederholt mein Leben gerettet«, hatte die Witwe grollend im Hinausschreiten gesprochen.

»Ja, ja.« Der Sohn lachte ihr nach. »Bei jener eiligen … Reise aus Thüringen!«

Dorthin war das neuvermählte Paar von dem Königshof gezogen. Die für die Arbeit erforderlichen halbfreien und unfreien Hintersassen sowie die Herden und das Gerät fand es auf dem Gut vor. Und mit freudigem Eifer schalteten die jungen Gatten in Haus und Hof, in Garten, Wiese, Feld und Wald.

An einem warmen Augustabend saßen sie bei sinkender Sonne auf der Bank, die, auf mehreren Stufen erhöht, die ganze Vorderseite des Wohnhauses umzog. Von diesem ragenden Vorsprung aus konnte man über die Hofwehr – den Pfahlzaun – hinweg auf das Acker- und Wiesenland schauen, von dem das Gesinde nun, nach vollendetem Tagewerk, in die neben dem Herrenhaus verstreuten Häuslein und Hütten zurückkehrte, die Arbeitsgeräte auf den Schultern. Der Leute frohes Scherzen und Lachen bezeugte, daß es ihnen nicht übel erging unter der Herrschaft des glücklichen Paares: Gute Menschen im Glück wollen Glück um sich verbreiten.

Guntbert hatte den linken Arm um seines jungen Weibes Nacken geschlungen, die Rechte hob den römischen Becher, wie der dunkle Wein, der ihn füllte, ein Geschenk Basinas.

»Dank, Frau Sunna!« rief er dem Abendgold entgegen. »Du hast uns ein gutes Jahr gegönnt. Du bist so schön wie gut – du bist gewiß Bertraden hier ähnlich!« Und er trank den Becher leer.

»Nicht also, Liebster«, mahnte die Frau, sich an seine breite Brust lehnend – sie ließ die auf dem Boden wirbelnde Spindel einen Augenblick ruhen –, »erzürne nicht die hohe Göttin durch frevelnden Vergleich!«

»Hei.« Er lachte. »Frau Sunna darf das nicht verdrießen. Hab' ich doch noch nichts auf Erden gesehen, das so schön und gut ist wie du!«

»Klein Theoda«, sagte die Mutter mit zärtlichem Blick auf ein etwa vierjähriges Mädchen, das im weißen Linnenhemdchen auf der Wiese unterhalb der Hausstufen saß und sich bemühte, mit den kleinen Fingern die vielen weißen und roten Blumen im Kreis zu einem Strauß zusammenzupflücken. »Klein Theoda wird tausendmal schöner als ich. Da, sieh, da kommt Guntvalt angeritten! Hoch zu Roß!«

»Ohne Sattel! Auf dem feurigen Hengst! Der Keckling!« Der Vater lachte. »Aber er fällt nicht: Er sitzt fest!«

Da trabte ein sechsjähriger Knabe auf die Scheune neben dem Herrenhaus zu, sprang ab und öffnete weit die Torflügel des Gebäudes. Dann eilte er mit hohen Sprüngen auf das Schwesterlein im Gras zu und drückte einen Kranz aus blauen Kornblumen auf das blonde Haar. Die Kleine klatschte vor Freude in die runden Händchen.

Schon stand der Knabe vor den Eltern und wies mit ausgestrecktem Arm auf das Stoppelfeld, das sich weitgestreckt zur Linken des Hauses ausdehnte. »Schau, Vater! Da kommt der letzte Wagen. Hoch, hoch beladen! Die drei starken Rinder können ihn kaum vorwärtsbringen. Aber ich hab' auch tüchtig aufladen geholfen! Das heißt: Ich saß oben und strich die Gaben zurecht! Da hat mir die Milchdirn den blauen Kranz geflochten, aber der ist für Theoda, dacht' ich gleich.«

»Wie du glühst«, sagte die Mutter und strich ihm über die roten Wangen. »Immer so wild, immer zu viel! Und den wilden Hengst des Vaters besteigen!«

»Ja, auf den Rindern kann ich doch nicht reiten, wie ein Knecht! Wie sagte neulich der Vater?

›Der freie Franke
Gehört auf den Hengst,
In der hauenden Hand
Das geschwungne Schwert.‹

»Gut merkst du dir so was!« Die Mutter lächelte. »Du Wildling. Aber hast du auch den Spruch behalten, den ich dir neulich vorsagte, als du einschliefst?«

»Ich … ich glaube wohl:

›Waltender Wodan
Und du, dröhnender Donar,
Schützet und schirmt in der Schlacht
Guntbert, den guten.‹

Und – ja, das von den Göttinnen … Das hab' ich vergessen!«

»Und«, schloß die Mutter:

»Freia und Frikk
Befreundet, befriedet
Haus ihm und Hof.«

»Sieh, da wankt und schwankt der Wagen heran«, sprach der Vater. »Wahrlich, Gott Frô gab gute Ernte! Aber heiß war der Tag, die Arbeit schwer! Lauf, Guntvaltlein, und sag' dem Kellerknecht, er soll jedem der Leute zum Abend einen Becher Met mehr reichen.«

Als der Knabe mit einem Satz die vielen hohen Stufen übersprang, schüttelte Frau Bertrada das blonde Haupt und klagte: »Der Bub ist allzu wild. Sein Mut ist ohne Maß. Du solltest ihn mäßigen.«

»Nein. Nur ihn lehren, die Gefahr auch zu *kennen*, und sie doch nicht zu fürchten. Jetzt ist er furchtlos … aus Unwissenheit. Der wird schon recht! Hat ein Auge wie der Falke! Schießt jetzt schon mit seinem Knabenbogen fast wie ich. Der wird schon recht!« wiederholte er, dem Sohn freudig nachschauend, wie der dahinflog über die Wiese.

»Ja! Denn er wird ganz wie du! – O mein lieber, lieber Mann.« Sie blickte sich scheu um, ob jemand herschauen könne, dann küßte sie ihn zärtlich. »Wie hab' ich dich lieb! Wie glücklich sind wir! Sind wir all die Jahre gewesen. Ich hab' es nicht geglaubt, daß ein Herz so viel Glück aufnehmen mag. Oft wird mir bang im Sinn, ob's wohl dauern kann.«

»Du törichtes Kind! Warum denn nicht? Was quälst du dich!«

»Schilt mich, aber ich kann's nicht lassen. Ja, in deiner Nähe, hör' ich deine klare Stimme, seh' ich in dein stetes Auge, fühl' ich mich so sicher wie unter Donars Schild. Aber abends – spätabends –, wenn die Kinder schlafen und auf die öde Halle die langen Schatten fallen – dort vom Nordwald her –, wenn die grauen Nebel aus dem Schilf steigen und du bist noch immer nicht zurück von der Jagd unter jenen düsteren Föhren, dann, dann beschleicht mich oft ein fröstelndes Grauen. Wenn du einmal gar nicht mehr wiederkehrtest …«

Er lachte. »So leicht bezwingt mich weder Ur noch Bär.«

»Es gibt Schlimmeres.«

»Doch nicht, daß ich wüßte!«

»Böse Menschen!«

»Die zwingen mich erst recht nicht.«

»Nicht im Kampf! Aber … Ich muß immer an einen Blick abgrundtiefen Hasses denken – du sahst ihn nicht, aber ich fing ihn auf!« Sie schauerte zusammen.

»Nun? Wer?«

»Jener Priester … der freche Römer – aus dem Burgundenreich.«

Jetzt lachte der Mann noch fröhlicher. »Cautinus? Nun, der, mein' ich, sucht nicht mehr meine

Nähe. Wohl gedenk' ich's! Er kam als Bote seines Oheims aus dem Burgundenreich zum König, gerade als ich dich nach einem Besuch bei der Königin auf das Pferd hob, um dich wieder hierher – nach Hause – zu holen.«

»Schon als Laie hat er –«

»Um dich geworben, dich keck verfolgt. Er wurde nun – der Priester – ganz bleich, als er dich, von meinem Arm auf den Sattel gehoben, wiedersah. Unter dem Vorwand, dich mit dem Kreuzeszeichen zu segnen –«

»Wie durft' er's wagen! Von Donar stammen meine Ahnen!«

»Berührte er dich an der Stirn und einer Schulter. Eh' er an die andere gelangte, lag er – ein paar Schritte weit von dir – im Staub. Er hat diesen Arm gespürt. Er kommt mir nicht wieder.«

»Ich sah seinen Blick, als er sich – stöhnend – aufraffte, und ich … Horch, was ist das?«

»Hufschlag! Ein paar Gäule nahen rasch.«

Guntbert stand auf und schritt die Stufen hinab, auf die Tür der Hofwehr zu.

Schon tauchten aus dem Saum des nahen Gehölzes mehrere Reiter auf dem Stoppelfeld auf, bald waren sie herangekommen. Noch vom Gaul herab, vor dem Abspringen, rief der vorderste ihm zu: »Beeile dich, Guntbert! Steig zu Roß! Der König entbietet dich sofort. Er entsendet dich auf wichtige Fahrt.«

»Wohin?«

»An den Königshof der Burgunden!«

X

Wenige Tage darauf saßen der König und Guntbert in tiefem Gespräch in dem Palatium zu Paris. Die Stadt hatte den Salier eingeladen, seinen Sitz von Soissons hieher zu verlegen, nachdem der Heide auf Bitten der »religiösen« Schwester Genovefa der Basilika des heiligen Vincentius reiche Geschenke gemacht und den Kirchen der Stadt seinen besonderen Schutz zugesagt hatte.

Das Palatium hatte dereinst Julian bewohnt, hier war Chlodwigs Urahn, Merowech-Serapio, des Caesars Gefangener, bald sein Gast und Freund gewesen. Heute ragen noch Trümmer aus jenen Zeiten in demselben Ort, dem Garten des Musée de Cluny.

Der junge Frankenkönig war im Laufe dieser Jahre vom Knaben zum vollbewußten Mann gereift. Zwar war die feingliedrige, geschmeidige Gestalt geblieben, aber der Geist, vom Erfolg getragen, durch den Sieg verstärkt, hatte sich mächtig entfaltet. Höher gereckt trug der Merowinger das Haupt.

»Nun, was sagst du?« Er lächelte. »Bist du nun ein wenig zufrieden mit dem Vielgescholtenen? Ich meine, ich habe gute Arbeit gemacht in diesen Jahren. Wohlweislich wartete ich, bis mein übermächtiger Nachbar, der gefürchtete Westgote Eurich, die klugen und gewaltigen Augen geschlossen hatte. Aber dann ging's Schlag auf Schlag. Was denn? Was denn? Bald hatten wir Soissons eingenommen. Ohne deinen Schild, du Treuer, wäre ich damals freilich nicht davongekommen!

Mein dummer Vetter und Nachbar, Chararich von Thérouenne – wie kann er sich mit diesem einen Gau begnügen! Ein Gaukönig ist ein Zaunkönig! – half mir dabei, mächtig zu werden. Er wird sich wundern über den Gebrauch, den ich von meiner Macht machen werde! Man muß aber keinen Niedergeworfenen wieder aufstehen lassen, sonst war die Mühe für nichts! Hochherzigkeit? Ist ja dumm!

Obwohl schwer wund, schrieb ich gleich am Tag darauf an den Westgotenkönig Alarich nach Toulouse ...«

Guntbert nickte. »Der Brief war ein Meisterstück an Klugheit, Kühnheit und – Frechheit.«

»Freilich! Was denn?« Chlodwig lachte. »Ich hatte nicht erfahren, nein, erraten, daß Syagrius dort Zuflucht gesucht hatte. Ich verlangte also die Auslieferung des Flüchtlings. Sonst, ließ ich ihm sagen, hole ich mir den Römer mit ein paar Freunden in Helmen selbst aus dem Königshaus in dem schönen Toulouse. Ich wollte dabei auch dem Sohn des starken Eurich ein wenig in den Mund fühlen, ob der Zahn des Mutes gesund bei ihm sei. Hei, zuckte der Zahn! Sofort, gegen die Pflichten des Gastrechts, lieferte er mir den Gast in Ketten aus. Ich aber dachte daran, daß sich mein Vater vor Soissons die Todeswunde geholt hat. Blut um Blut. Der Gefangene starb.«

»Das war nicht edel.«

»Aber gescheit! Auch Pflicht der Blutrache. Und wenn eine Pflicht einmal – ausnahmsweise! – mit der Schlauheit übereinstimmt, wär' es sehr dumm, die Pflicht nicht zu erfüllen. Leider liegen sich beide meist in den Haaren.

Seither haben wir wacker um uns gegriffen, so daß in Gallien schon ein Sprichwort im Schwang geht: ›Den Franken habe zum Freund, aber nicht zum Nachbarn.‹

Nun käme – anderes liegt noch zu fern – das reiche Reich der Burgunden an die Reihe. Dort brodelt allerlei Wirrwarr, aus dem, mein' ich, etwas zu fischen ist. Vielleicht zunächst nur ein Weib, später etwa mehr. Darauf zielt die geheime Fahrt, zu der ich dich entboten habe.«

»Du weißt«, sprach Guntbert mit bewölkter Stirn, »ohne Besinnen folg' ich dir in die Schlacht gegen jede Übermacht von Speeren. Aber solche geheimen Schliche – sie gefallen mir nicht. Ich tauge nicht zu List und Schlauheit.«

»Das weiß Loge.« Der König lachte.

»Also suche dir hierzu einen klügeren Genossen.«

»Was denn? Klug bin ich selbst! Genug für uns beide! Aber ich muß einen haben, der – nun: einen lebendigen Schild. Denn merken sie's, die Burgunden, daß ich sie täuschte, könnte doch zuletzt der Rückweg aus dem Burgundenreich etwas mit Blut besprengt werden. Also höre: Der Bischof von Genf und manche andere einflußreiche Leute dortselbst wünschen die Heirat aus allerlei – frommen und anderen – Gründen. *Ich* aber – *ich* wünsche Burgund! Und mag ich auch nicht gerade ein häßliches Weib nehmen – ich würde mir dann neben ihr wohl schon zu helfen suchen! – und will ich schon um deswillen die Braut sehen. Eh' ich sie heimführe, muß ich vor allem unerkannt nach Burgund, um zu spähen, ob die Trauben dort bald reif sind zum Keltern. Und so schleiche ich mich, verstohlen und verkleidet, in Genf ein, gleichzeitig mit einer Gesandtschaft. Deren Führer bist du, um mich im Notfall herauszuhauen. Die Gesandtschaft soll – du verstehst! – den Grenzstreit an der Seine südlich von Troyes zum Austrag bringen. In Wahrheit aber wollen wir prüfen, ob die Braut mir zusagt und wie morsch etwa schon die Pfeiler jener wankenden und zwiegespaltenen Königsmacht geworden sind.«

»Aber … deine Mutter? Man sagt, die Königstochter Hrothehild ist sehr eifrig im Glauben der Christen.«

Hitzig sprang Chlodwig auf. »Was denn? Meine Frau Mutter soll ja doch die Katholische nicht heiraten! Nur ich. Was die Jungfrau glaubt, ist mir gleich. Und was sie *jetzt* auch glauben mag, eins wird sie noch glauben *lernen*: daß mein Weib mir zu gehorchen hat. Wir reiten morgen. Halte dich bereit!«

XI

»In Christo teurer, aber noch mehr geldteurer, schwer zu ertragender Neffe! Ich begreife nicht, wie man in einer so kleinen Stadt wie in diesem Nest Dijon so große Schulden machen kann! Hier das Gewünschte, wieder einmal ›zum letzten Mal‹. Komm unverzüglich hieher nach Genf. Ich brauche Deinen Rat, Deine Hilfe, Deine Kenntnis des fränkischen Hofes.

Eine Gesandtschaft des Königs Chlodwig ist eingetroffen. Wegen der Seinegrenze, so soll man glauben. Aber … Komm. Die Ernte reift endlich, die ich vor Jahren – allzu früh damals – gesät habe. Jedoch Hrothehild zählt jetzt vierundzwanzig Jahre, sie war nie so schön. Sie wird den Gesandten gefallen, sind sie nicht blind. Und sie folgt mir aufs Wort. Und ist klug, wie – nun, wie der Herr den Seinen befohlen hat zu sein.

Allerlei mag sich in den nächsten Tagen entscheiden. Zur Zeit weilt keiner der beiden burgundischen Könige in Genf: Sie werden erst in den nächsten Tagen erwartet. Einstweilen verhandelt an ihrer Statt ein Konsiliarius mit den Gesandten. Aber mehr beinahe als diese Gesandten beschädigen meine Gedanken ein … Doch genug! Ich muß mit *Deinen* Augen sehen können.

König Gundobad eifert gegen diese Ehe. Er wird sie verhindern, wenn er kann. Und Remigius von Reims und Avitus von Vienne ärgern mich um die Wette mit ihren frommen Bedenken. Unter den Heiligen und im Himmel mögen sie besser Bescheid wissen, unter den Sündern und auf der Erde bin ich genauer unterrichtet. Für den Himmel bleibt uns noch die ganze Ewigkeit, auf Erden aber wollen wir herrschen. Komm, sag' ich! Es eilt!«

XII

Die »galoppierenden Wellen« des Rhodanus' galoppierten vermutlich vor vierzehnhundert Jahren ebenso anmutig wie heute, und die Schönheit des Geländes um den blauen See von Genf war gewiß damals nicht geringer, da es noch mehr Wald und weniger Häuser gab.

Es war ein warmer Septembertag. Und Sonntag. Die zahlreiche katholische Bevölkerung fand kaum Platz in der Basilika des heiligen Mauritius, die im Herzen der Stadt, auf dem linken Ufer, gelegen war, da, wo sich heute die Kathedrale von St. Pierre erhebt.

In großen Scharen strömten die Gläubigen aus den engen winkligen Gassen der alten allobrogischen Festungsstadt auf dem Platz vor der Kirche zusammen und drängten die steilen Stufen des alten Gebäudes hinan. Es überwog die römische Tracht die germanische, und das Ohr vernahm viel häufiger das Vulgärlatein der Provinzialen als die schöne Sprache der Burgunden. Da an dem christlichen Feiertag die Geschäfte am Hofe ruhten, hatten auch die fränkischen Gesandten – fünf an der Zahl, geführt von Guntbert – Muße, sich die vor der Kirche versammelte Menge anzusehen. Sie standen auf der obersten Stufe und sahen auf das Gewühl herab, warfen auch wohl neugierige Blicke durch die Türvorhänge in das

Innere des Heiligtums, aus welchem süßlicher Weihrauchduft hervorströmte und – obwohl es heller Tag war – der Glanz vieler Wachslichter strahlte.

Hart an dem Eingang kauerte auf den harten Steinen ein alter Bettler. Das weiße Haar ragte bis in die Stirn vor, unter jedem Arm des Krüppels lag eine lange Krücke. Er hielt den Frommen, die an ihm vorbeimußten, mit zitternder Hand einen alten vielgeflickten Reisehut hin. Er schien nur Vulgärlatein zu verstehen, denn als Guntbert ihn mitleidig – auf fränkisch – nach der Ursache seiner Verkrüppelung fragte, schüttelte er unwirsch den zottigen Kopf und wischte über den langen weißen Bart.

Nun kamen Theoplastus und sein Neffe von dem anstoßenden Bischofshaus her. Ehrfürchtig wich die Menge schon vor den Knaben in weißen und roten Mäntelein, die, Weihrauchfässer schwingend, dem kleinen Aufzug des Bischofs und der ihm folgenden Geistlichen vorausschritten. Aber manche Frauen drängten dann doch wieder heran, haschten den Saum des goldgestickten Mantels des Prälaten und führten ihn ehrfurchtsvoll an die Lippen.

Nun erreichten Oheim und Neffe den Eingang. Der Bettler hielt ihnen, den Weg mit dem ausgestreckten Arm versperrend, aufdringlich den Hut hin. Da stieß Cautinus ihm mit dem Fuß gegen die Hüfte. »Platz da, du Hund!«

Außer sich vor Zorn schrie Guntbert: »Was wagst du?« Die Faust fuhr ihm ans Schwert.

Ruhig schritt Cautinus weiter, ohne den Franken zu beachten: Nur seinem Oheim warf er einen Blick zu.

»Sie ist wohl schon in der Kirche?« fragte er ruhig.

»Ja, wahrscheinlich.«

»Bist du gewiß?«

»Unzweifelhaft. Schon gestern, als ich meinte, aus dem weißen Haar eine kleine rote Locke hervorlugen zu sehen. Und nun dieser dummwütige Guntbert!«

»Gut, daß er sie gestern noch nicht ansprach. Heute soll er nun! Halte dann ihr Gefolge zurück. Ich sag' es ihr gleich.«

Und in feierlichem Schritt durchmaß der Bischof den Mittelgang der Basilika. Er blieb vorn rechts vor den Königssitzen stehen. Da erhob sich ein reich gekleidetes, auffallend schönes Mädchen, beugte tief das Haupt, so daß die dunkelbraunen Locken unter ihrer goldenen Stirnbinde hervorrieselten, und küßte dem Prälaten demütig die Hand, die Augen unter den langen, seidenen Wimpern niedergeschlagen. Aber wie blickten jene auf, als er ihr, die Hand segnend auf den Scheitel legend, ein paar Worte zuflüsterte. Er schritt dann feierlich auf den Altar zu.

Die schöne Hrothehild jedoch sank tief atmend auf ihren Sitz zurück. Ihre Wangen brannten, ihr Busen wogte. Allein bald meisterte sie ihre Erregung, war sie doch wohlgeschult und erzogen.

*

Der Gottesdienst war zu Ende. Das geringere Volk, das der Türe näher stand, flutete hinaus.

Theoplastus trat auf die Königstochter zu, desgleichen Cautinus auf deren Begleiterinnen, er sprach eifrig mit ihnen.

»O in Christo geliebte Tochter«, begann der Bischof sehr laut, »die für heute bestimmten Bibelverse schärfen die Pflicht der Wohltätigkeit ein. Laß sie uns üben, gemeinsam. Dort, vor dem Eingang, liegt ein armer, alter Krüppel. Wir wollen ihm spenden. Aber du weißt: Mehr als das harte Gold erquickt den Verachteten in seinem Elend der Balsam mitleidvoller Rede. Sprich mit ihm, liebe Tochter.«

»Du weißt, daß ich dir in allem gehorche«, sprach die Jungfrau tiefernst und innig und schritt – ihm zur Linken – auf den Ausgang zu. Die Begleiterinnen blieben zurück. Sie kicherten, sie lachten verschämt bei des jungen Archidiakons verfänglichen Reden.

»Man merkt euch immer noch den Weltling an, ehrwürdiger Herr Cautinus«, sagte die hübscheste unter ihnen.

»Nicht doch! Ich übe höchste Frömmigkeit! Wie lautet das oberste Gebot, holde Rathilde?«

»Liebe deinen Nächsten wie dich selbst.«

»Das überbiete ich noch, denn«, flüsterte er ihr ins Ohr, »ich liebe dich viel mehr als den ehrwürdigen Archidiakon von Dijon.«

Einstweilen standen Theoplastus und die Königstochter vor dem Bettler. Die Stufen waren nun leer. Der Bischof warf eine Münze in den hingehaltenen Hut und stieg ein par Stufen hinab, denen oben den Rücken kehrend.

»Armer«, hob Hrothehild an, »du jammerst mich im Herzen. Könnt' ich dir doch helfen.« Und sie löste eine breite goldene Spange von der Schulter.

»Du kannst, o wunderschöne Hrothehild«, erwiderte der, »aber nur mit viel geringerer Gabe als mit dieser. Den kleinen Ring, den du am vierten Finger trägst, den schenke mir. Nein, stecke ihn mir selbst an.«

In dem Augenblick, als sie nach seinem Wunsch tat, schob er ihr plötzlich *seinen* Ring an jenen Finger und flüsterte ihr zu: »So, Königskind! Nun bist du die Braut Chlodwigs, des Merowingers.«

Und er sprang auf – der Platz war leer – und umarmte und küßte sie.

»Kein Auge hat's gesehen«, sprach der Bischof, der sich unbemerkt wieder umgewandt hatte, »als Gottes. Und das meine. Welch ein Wunder!«

»Was soll ich nun tun, mein Vater?« fragte Hrothehild.

»Gott gehorchen, mir und deinem Bräutigam, diesem edlen König. Unser Gott hat das so gewollt von Ewigkeit.«

»Dann« – Chlodwig lachte – »soll euer Gott uns jetzt nur auch geschwind von hinnen helfen! Was denn? König Gundobad will nicht, daß seine Nichte mein werde und zumal ihr Erbe, das er ihr vorenthält! Höre, schönes Bräutlein! Heut' abend – bevor das Westtor geschlossen wird – unter den Kastanienbäumen vor jenem Tor. Du findest dort mich, ein rasches Roß und tapfere Weggesellen. Fort! Man kommt aus der Kirche.«

Und er warf sich wieder zu seinen Krücken auf die Erde.

Der Bischof führte die Zitternde über die Stufen hinab.

»Ich bin mit dir zufrieden, meine Tochter. Doch eins gelobe mir. Er wähnt, er habe uns überlistet. Nie darf er erfahren, daß wir ihn erkannt hatten. Stets muß er sich für den Klügeren *halten,* und wir müssen die Klügeren *sein.*«

»Ich werde gehorchen, mein Vater. Aber –«

»Kein Aber will ich hören«, rief er scharf und streng. »Jahrelang hab' ich dir verkündet, was Gott durch dich schwaches Werkzeug Großes, Wunderbares erreichen will. Er hat's mir im Traum offenbart. Deshalb gab er dir diese Schönheit deines Leibes, die feine Klugheit des Geistes, den zähen Willen und den Gehorsam gegenüber deinem Seelenhirten. Du, Hrothehild, sollst diesen tapferen König und sein Volk vor den ewigen Flammen erretten und für den Himmel und die Kirche gewinnen. Vergiß dann, stehst du auf der Höhe der Macht, nicht des Wegweisers, der dich hinangeführt hat.«

»Niemals. Meine Seele ist des Himmels Magd und die Deine.«

»Nun, überstolzer König Gundobad und überfrommer Remigius und übertugendhafter Avitus und überschlauer Merowinger – wer hat nun den Sieg behalten?«

XIII

Sechs Monate darauf wurde zu Paris mit großem Gepränge die Vermählung Chlodwigs mit der burgundischen Königstochter gefeiert.

Jubelnd begrüßten die Römer, das heißt die Katholiken, ihre Glaubensgenossin. Sie gewann gleich nach ihrem Eintreten in der Seinestadt deren höchste, wärmste Liebe, als ihr erster Gang sie in die stille Zelle Genovefas führte, in dem nahen Dorfe Avron, wo sie sich vor allem Volk vor der Jungfrau in den Staub warf, die durchsichtigen, mageren Hände küssend, diese Hände, die nach dem frommen Glauben des Volkes bereits viele Heilwunder verrichtet, so die eigene Mutter der Heiligen wieder sehend gemacht hatten, nachdem sie jahrelang blind gewesen war, als Strafe des Himmels, weil sie der Tochter den allzu häufigen Kirchenbesuch zu verbieten sich unterfangen hatte.

Genovefa, die wahrhaft demütige, hob sie rasch an ihre Brust und sprach: »Schwiegertochter Childerichs, spüre, wie dieses Herz für dich schlägt. Jetzt stehst du im Glanz des Glückes. Ziehen die Schatten der Schmerzen über dein Haupt, dann komm zu Genovefa: Ihr Gebet soll sie verscheuchen. Ich liebe dich, meine Tochter.«

Am Tag vor der Vermählung war Chlodwig gar guter Dinge, denn vieles war ihm inzwischen wieder geglückt.

Er saß mit seiner Braut und zwei Geistlichen in dem wohlgepflegten Garten des kleinen Palatiums, in dessen Springbrunnen ein heidnischer Triton – Julianus der Abtrünnige hatte ihn einst errichten lassen – Wasser aus seiner Muschel sprühte und die Frühlingsblumen befeuchtete, die rings um den Marmorrand sproßten.

»Wenig wähnte ich, holde Entführte« – er lachte, zärtlich über ihren vollen Arm streichend – »als ich dich damals unter jenen Bäumen auf mein Rotroß schwang und mit dir davonjagte in das Abenddunkel, daß es Winter und Frühling werden würde, bis ich dich meine Gemahlin würde nennen können. Scharf war mir deine Sippe auf den Fersen seit jenem Abend.«

»Ja«, seufzte Hrothehild, »viel Blut ist geflossen um unseres Ehebundes willen. Desto heiliger und segenreicher für alle die Deinen müssen wir diese Ehe darleben. Teures Blut –«

»Bah! Was denn? Nicht so schlimm. Am meisten leid tat mir dabei mein eigenes Blut, als uns die Verfolger eingeholt hatten und eine Wurflanze mir die Schulter streifte. Abermals hat der wackere Guntbert mich in jenem Wald gerettet.«

»Wir schulden ihm Dank. Man sieht ihn nicht am Hof«, sagte Hrothehild. »Wo weilt er?«

»Bei seinem schönen Weib, fern in Toxandrien.«

»Beide sind«, sprach eine herbe Stimme, »eifrige Götzendiener. Ich glaube, wir Priester des Herrn haben ihn verscheucht.«

»Hei, Cautinus.« Chlodwig lachte. »Guntbert? Der scheut nichts. Nicht dich noch deinen Teufel.«

»Aber«, fuhr Hrothehild fort, »auch abgesehen von jenen Reitern, die ihr abwehrtet: Wieviel Blut ist seither geflossen! Dem Angriff meines Oheims Gundobad kamst du zuvor –«

»Und holte mir das Erbe deines Vaters, das er für sich behalten wollte. Zum Glück hatte das König Godigisel, deinen dümmeren Oheim, schon lange so verdrossen, daß er mit mir zusammen gegen Gundobad zog. Wir schlugen ihn bei Dijon. Aber kaum hatte ich den Rücken gewandt, als sich der Besiegte pfeilschnell auf Godigisel warf, ihn zu Vienne gefangen bekam und –«

»Töten ließ!« klagte die Braut.

»Was denn? Kann's ihm nicht verdenken. Hätt's ebenso gemacht. Zum Glück hab' ich keinen Bruder. Das heißt: zum Glück für ihn. Zwei Merowinger hätten nicht Raum in meinen paar Gauen.«

»Ich bringe Blutschuld als Mitgift.«

»Was denn! Was können wir dafür, daß die anderen nicht wollten wie wir? Du brachtest mir den dritten Teil von Burgund.«

»Und diesen frommen Bischof hier, meinen geistlichen Vater Theoplastus. Er ist mehr wert als ein Königreich.«

Der – er stand hinter ihr – legte segnend die Hand auf ihren braunen Scheitel.

»Na« – der Bräutigam lachte – »das kommt auf den Geschmack an. Übrigens freilich: Für diesen heiligen Mann und seinen minder heiligen Neffen war nicht mehr des Bleibens in Genf und Dijon nach unserem … Abendritt. Gar eilfertig kamen sie uns nachgereist! Nun, einstweilen müssen sie ohne Bistum und Archidiakonat als meine Gäste hier im Palatium leben. Es ist nichts frei. Das heißt: Der fromme Remigius von Reims hat sich scharf gegen euch beide erklärt. Er scheint nicht sehr zufrieden mit euch, he?«

Theoplastus zuckte mit den Achseln. »Er ist gar zu heilig. Niemand tut ihm genug.«

»Er leidet an geistlicher Überhebung«, tadelte Cautinus.

»Das sage nicht!« rief die Braut. »Ich verehre ihn tief – ich bewundere ihn.«

Chlodwig nickte. »Ja, das ist der beste Mann, den ich kenne, unter Heiden und Christen.«

Einen mißgünstigen Blick warf der Beichtvater auf beide. »Geh nun, liebe Tochter, zu deinen Begleiterinnen. Ich habe noch einiges mit deinem Bräutigam zu reden. Geleite sie, Archidiakon.«

Als das Mädchen mit Cautinus den Garten verließ, eilte Chlodwig ihr nach, um sie zu umarmen.

Aber rasch trat der Bischof dazwischen. »Zurück, Herr König! Nicht vor der Zeit. Hört erst der Kirche Bedingungen.«

Rot vor Zorn sah Chlodwig der Verschwindenden nach.

»Was denn? Was denn, Herr Bischof?«

»Geduld. Du weißt: Ein Großes ist es, daß die Kirche dieser ihrer Tochter gestattet, sich mit einem Mann zu vermählen, der – noch – nicht der Kirche angehört.«

»Das schien dich damals vor der Basilika zu Genf wenig zu kümmern.«

»Ich wartete auf deine Bekehrung.«

»Da kannst du noch lange warten! Hei, Frau Basinas Augen bei meiner Taufe! Möchte sie nicht sehen!«

»Du aber wolltest nicht noch länger warten auf die Braut.«

»Nein«, rief der Bräutigam, mit einem heißen Blick der Verschwundenen nachschauend, »denn bei Freia: Sie ist schön, üppig schön.«

»So danke mir, daß ich nicht wie jener strenge Remigius, den du mir vorziehst, deine Wünsche aufhalte. Er beharrte auf deiner vorgängigen Taufe. Ich nicht, weil … weil ich dich mehr liebe als jenes ›Tugendwunder‹ zu Reims. Aber vernimm nun die Bedingung, unter der allein ich die Trauung vornehme, das heißt, die Kirche ihre Tochter dem Heiden gibt.«

Zornig fuhr der König auf. »Braucht sie mir nicht zu geben! Habe sie in meiner Gewalt! Was denn? Ist ja dumm! Wirfst du mir Knittel in den Weg zur Kirche, so halte ich den Brautlauf mit der Vollarmigen nach Friggas und Donars Weise und trage sie flugs auf diesen Armen in mein Ehebett.«

»Du weißt recht gut, daß sie es dann nur als Leiche verläßt. Sie stirbt, wird sie – ohne der Kirche Trauung – dein.«

Chlodwig knirschte mit den Zähnen. »Beim lodernden Loge. Ja, sie ist so! Hel hole diese Kreuzpriester! Schlau, falsch, zäh, herrschgierig und herrschaftsgeübt! Nun also, was denn? Heraus mit der Bedingung!«

»Die Kinder, die sie dir bringen wird, gehören der rechtgläubigen Kirche.«

Chlodwig blies hörbar vor sich hin. »Puh! Wenn's weiter nichts ist! Meine Buben mögen glauben, was sie wollen! Oder doch: was sie können! Können oder wollen sie eure Sprüche nicht behalten, werden die bald vergessen sein. Meinetwegen!«

»Da du so rasch nachgabst, will ich dir die zweite Bedingung erlassen.«

»Noch eine? Was denn? Was denn?«

»Daß du – zur Abtötung des Fleisches – die ersten drei Tage lang dein Weib meidest.«

»Hei.« Der Bräutigam lachte grimmig. »Weiter nichts? Das ist ja höllisch ausgesonnen. Hättest du darauf bestanden, hätt' ich dich die drei Tage über Feuer gehängt, damit du spürtest, wie ich sie verbringe!«

XIV

Kaum war der Bischof in den Palast getreten, als von außen, von der Straße her, die durchsichtige Gittertür geöffnet wurde und eine hohe Frauengestalt in grauen Trauerkleidern über die Schwelle schwebte.

Langsam, feierlich schritt sie heran.

Wenig erfreut kam Chlodwig ihr entgegen.

»Mutter! Du im Palast? Ein seltener Gast.«

»Du sagst es: Ich bin hier eine Fremde.«

Die königliche Frau hatte sich stark verändert in diesen Jahren. Nicht das Alter, aber Gram und Weh hatten tiefe Furchen in das edle Antlitz gegraben. Ihr Har war schneeweiß geworden.

»Was willst du von mir?« fragte der Sohn unsicher.

»Abschied nehmen.«

»Mutter!«

»Ich verlasse diese Stadt. Ich will die Halle nie mehr sehen, in der die Christin den Hochsitz einnehmen wird, den ich, die Wodanstochter, Wodan und Frikk geweiht habe.«

»Aber was denn! Ich habe doch niemals versprochen, nur Heidinnen zu heiraten. Ich habe keinem ein solches Wort gegeben!«

»Kein solches *Wort*. Aber du weißt, was der Sinn des sterbenden Vaters heischte. Brichst du einst auch dein Wort gegen die Götter und ihre Verehrer, dann … wirst du mich wiedersehen. Ich – hör' es, mein Childerich, oben in Walhall! – ich halte *mein Wort* und erfülle meinen Schwur.«

So begeistert, so feierlich, so drohend sah das hehre Weib aus, wie es den rechten Arm hoch gen Himmel hob, daß den kecken Sohn doch ein leiser Schauer durchfröstelte. Aber gleich wieder warf er das rote Gelock in den Nacken.

»Was denn! Was für einen Schwur? Weiß nichts davon!«

»Bete, daß du es nie kennenlernst.«

»Ah, ist ja … Und wohin willst du dich wenden?«

»Nach Toxandrien. Die Priesterinnen in dem Wodanshain dort – neben Guntberts Hof –, sie wünschen, mich in ihre Mitte aufzunehmen.«

Erleichtert atmete er auf. »Ist gut!« dachte er. »Ist weit, weit weg. Hier würde sie unaufhörlich mahnen, klagen, schelten.« Und er sprach laut: »Nun, Mutter, so lebe wohl.«

»Du aber lebe, solange du die Götter ehrst und ihre Heiligtümer schützst!«

Und sie wandte sich und schied – ohne Gruß.

XV

Nicht ein Jahr war ins Land gegangen, da war die Frau Königin Hrothehild eines starken Knaben genesen.

Groß war des jungen Vaters Freude. Er wohnte auch ganz willig der Taufe bei, die mit großer kirchlicher Pracht und Herrlichkeit in der Basilika des heiligen Vincentius von Theoplastus gehalten wurde. Nur zuletzt wurde er ein wenig ungeduldig, als die lateinischen Reden und Gesänge der Geistlichen gar kein Ende nehmen wollten.

Auch hatte er nicht gelitten, als der fromme Name »Theodor« gewählt wurde. »Was denn? Ist ja dumm!« hatte er gerufen. »Soll ich mir meinen eigenen Buben immer erst aus dem Griechischen übersetzen? ›Kampfreich‹ soll sein Leben sein, und nach alter Merowinger Sitte soll er heißen wie sein Großvater: ›Childerich, Kampfreich.‹«

Die schöne, junge Mutter lobte ihn nach dem Schluß der feierlichen Handlung, daß er so gut Wort gehalten und die Taufe des Sohnes gestattet habe. Er küßte sie heiß auf den Mund. »Was denn? Ich halte immer Wort. Oder doch – meistens.« Er lachte. »Und wenn's klug ist – immer. Wir haben Heiden und Christen im Land, da muß man mit zwei Rudern fahren. Übrigens«, murmelte er für sich, »Vorsicht kann nicht schaden. Man kann dem einen Gott rechts opfern und den vielen anderen Göttern links.«

»Was raunst du da? Was meinst du?«

»Oh, nichts.«

Aber er meinte doch etwas.

Als die warme Frühlingsnacht gekommen war, glitt er geräuschlos in das dunkle Gemach, in dem das Kind, von einer Dienerin gehütet, in der Wiege lag, bedeutete der Alten durch gebietende Drohung Schweigen und trug den schlummernden Säugling hinaus ins Freie, in den schweigenden Hof des Palastes. Dort hing an einem Pfeiler sein dellenreicher Erzschild. Er nahm ihn herab, legte das Kind hinein und hob das »Schildkind« mit beiden Armen hoch gen Himmel. »Da habt ihr ihn, Wodan und Donar und all ihr anderen! *Euer* soll er sein. Wenigstens halb! Nehmt's nicht krumm, daß ich ihn halb dem – nun, dem Gott Hrothehildens geben mußte. Wirklich, ich konnte nicht gut anders. Was denn? Ich mußte sie doch haben, sie ist gar so schön! Das seht ihr selbst ein. Du, Wodan, verstehst dich auf schöne Weiber und ihren zwingenden Reiz! Und was schadet's euch? Der andere ist ja doch wohl *auch* ein Gott! Helft *ihr* dem Buben wie jener. Und zum Zeichen, daß er auch euch gehören soll – da, seht –, hänge ich ihm dieses Bernsteinangebinde um den Hals. Sieht aus wie ein Kreuz. Das werd' ich seiner Mutter klarmachen – aber« – er lachte – »ist ja keins! Ihr wißt es besser: Ist ja – aus meines Vaters Erbe – der Hammer Donars. So gehört er euch wie dem Kreuzgott. Aber das bleibt unter uns.«

XVI

Die zweifache Empfehlung des Kindes, die öffentliche in den Schutz des Christengottes und die heimliche in den der Heidengötter, sollte doch nicht fruchten. Wenige Stunden nach der Taufe erkrankte es schwer und starb trotz der Gebete und Gelübde der Mutter und den – heimlichen – Opfern des Vaters noch in den weißen Taufgewändern.

Es traf Chlodwig noch anders als die tiefgebeugte Frau.

Unwillig, ja zornig kam er von der Beisetzung des kleinen Sarges in der Krypta der Basilika des heiligen Vincentius zurück zu der in Tränen Aufgelösten.

»Nun, was denn? Was denn?« schalt er. »Jetzt freilich Tränen, nichts als Tränen! Statt zu fragen, warum? Der Bub war stark gezeugt und gesund geboren. Wäre ein fester Kerl geworden! Warum erkrankt er plötzlich und wird ausgeblasen wie ein Licht? Trotz allen Gebetplärrens der Kreuzpriester in den Basiliken! Und trotz so vieler Pfunde Gelübdewachses für die Kirchenkerzen! Und trotz der Austreibung des Fieberdämons durch Theoplastus. Und trotz« – er wollte sagen: »meiner Opfer für die Götter«, aber er fing das noch auf – »Und trotz der trefflichen Pflege der Jungfrau Genovefa, die dich fast noch in Mühung überbot.

Tot liegt der prächtige Bub. Warum? Weißt du Antwort?«

»Die Wege meines Gottes sind unerforschlich«, schluchzte die Mutter.

»Ja, aber kostspielig für seine Gläubigen! Ist ja dumm! Ich will dir sagen, warum das arme Tierlein sterben mußte.« Scheu sah er sich um, als könnten seine Worte plötzlich bestätigt werden. »Das ist die Strafe, der Zorn, die Rache der alten Götter! Ihrem Schutz – *allein* – hätt' ich das Kind anvertrauen müssen. Dann wär' es nicht gestorben! Aber sie haben zeigen wollen, daß euer Christengott nichts vermag gegen sie. Er konnte den Knaben nicht schützen, für den doch so viele Geschorene beteten. Und in den von Genovefa gestickten und geschenkten Taufkleidern wurde er von der Sucht befallen, wie ihr und euch allen und eurem Christus zum Hohn. Uh, uh! Dieser Beweis macht mich sehr stutzig. Ich fing schon beinahe an, zu glauben, euer Gott sei mindestens ebenso stark wie Wodan und Donar. Aber das scheint mir doch nun gar nicht mehr. Ich muß wieder den Göttern eifriger … He, Ansovald, rüste zum Fest der Göttin Ostara ein reichliches Opfer zu: Eier, Hühner, Ostarafladen. Auch ein Sonderopfer für Wodan um Sieg: sechs Rosse. Aber höre«, flüsterte er, als ob es der Siegesgott nicht hören solle, »nicht gerade von den allerbesten. Suche die nicht mehr sattelstarken aus!«

XVII

Vor Ablauf eines Jahres hatte die Frau Königin einen zweiten Knaben geboren.

Nun sträubte sich Chlodwig auf das äußerste, seinem Versprechen gemäß auch dieses Kind taufen zu lassen. Laut scheltend, heftig den rotgelockten Kopf schüttelnd, lief er von dem Lager der Wöchnerin, drang diese doch auf Erfüllung seines Wortes.

»Soll der zweite nach Hel fahren wie der erste, vom Zorn meiner Götter getroffen, von eurem Gott nicht geschützt? Nichts da! Meine Buben werden gezeugt und geboren, um die Franken zum Sieg zu führen, nicht um dahinzusiechen wie herzfaule Knospen! Ist zu dumm!«

Vieler Bitten und bitterer Tränen und süßer Küsse der schönen Frau bedurfte es, bis er endlich nachgab. »Nun in der Dummheit Namen: Sei's. Ich will diesmal noch mein Torenwort halten. Aber das sag' ich dir: Stirbt auch dieser Knabe – Chlothachar, ›Ruhmesherr‹, soll er heißen –, dann, ja dann – nun merk' auf! – muß mir meine Knaben irgendein anderes Weib gebären, das zwar gewiß nicht so schön sein wird wie du, das mich aber nicht bei einem Wort halten kann, das ich *dieser* Mutter meiner künftigen Kinder nicht gegeben habe.«

»Chlodwig!« schrie die Frau entsetzt, »du drohst mir ohne Scham und Scheu mit Ehebruch?«

»Was denn, was denn? Ist ja zu dumm! Sehr dumm sogar! Unser Recht verbietet nicht die Nebenfrau. Und eines Merowinger Söhne, erkennt er sie nur an, sind folgefähig, mögen sie Ehefrauen zu Müttern haben aber nicht. Also – du bist gewarnt! Unter solchem Wagnis laß ihn taufen – hast du so starkes Vertrauen auf deinen Gott.«

Die fromme Königin, empört über die ruchlose Drohung und zugleich klug genug, zu erkennen, daß eine Mutter lebendig bleibender Söhne sie unvermeidbar aus ihrer beherrschenden Stellung verdrängen würde, seufzte und weinte. Denn neben der Sorge um des Gatten drohende Versündigung quälte die sehr Herrschaftsbeflissene die Furcht vor dem Herabsinken in Ohnmacht gegenüber einer glücklicheren Nebenbuhlerin. Aber doch: Nicht einen Augenblick schwankte sie. Ihre Herrschsucht und echt weibliche Schlauheit und bangende Eifersucht kamen nicht an gegen den starken, zweifelsfreien Glauben ihrer Seele. Fromm angelegt, war sie durch die Mutter und den Beichtvater im Widerstand gegen Heidentum und Ketzerei, im begeisterten Festhalten am rechten Glauben erzogen worden, und Jungfrau Genovefa, die täglich ihre »Tochter« aufsuchte, bekräftigte sie in solcher Vertiefung, mehr noch durch ihren Wandel, durch ihr engelhaftes, unirdisch-edles Wesen als durch ihre Worte.

»O Königin«, sagte die Jungfrau einst, »der heißeste Wunsch meiner Seele war es, die Seele des Vaters zu retten, den nicht nur Götzendienst gefangenhielt, sondern noch schwerere Schuld, die eine Jungfrau nicht ohne Schamerröten nennen, ach nicht ohne Herzensqualen denken kann. Jener Wunsch blieb unerfüllt. König Childerich, der Herrliche« – heiß schoß ihr da das Rote in die sonst so farblosen, marmorblassen, blutleeren Wangen – »starb als Heide und … in Basinas Armen.«

»Seiner Gattin!« sagte die Königin.

Erschauernd zuckte die gottgeweihte Jungfrau. Sie öffnete hastig die blassen Lippen, aber sie unterdrückte das darauf schwebende Wort und begann aufs neue: »Mein zweiter Wunsch gilt – nach dem Vater – dem Sohn. Königin … wir müssen seine Seele den ewigen Flammen entreißen. An dem Abend des Tages, da *sein* … da Childerichs Sohn die Taufe genommen hat, mag der Herr seine Magd in Frieden abrufen. Du aber werde nicht irr und schwank im Glauben. Vertraue, daß Gott der Herr dir dein Kind erhalten wird. Mir sagt's der Geist, und ich weissage dir: Ja, wahrlich dieser Knabe Chlothachar wird am Leben bleiben und dereinst alle Gaue der Franken – viel mächtiger als sein Vater –

beherrschen! Beharre darauf – es ist deine Pflicht gegenüber des Kindes Seele! –, daß es der Kirche zugeführt werde.«

Und Hrothehild, solcher Mahnung kaum bedürftig, beharrte.

Und Chlodwig gab schließlich nach, denn er war auf einen schlauen Gedanken gekommen, der ihm lebhaft gefiel. »Höre«, rief er dem Antrustio Ansovald zu, der ihm, seit Guntbert den verchristlichten Hof mied, am nächsten stand. »Höre – bestelle die Opfer die ich dir auftrug, alle wieder ab. Frikk sollte den Knaben schützen vor allen Göttern und Göttinnen. Laß die Opferkuchen ungebacken, die da der Göttin nährende Brüste darstellen, und die Fische mit den Roggenbrühen ungesotten.«

»Herr, glaubst du nicht mehr an –«

»Unsinniger!« rief Chlodwig und hielt ihm den Mund zu. »Wie kannst du so unvorsichtig reden? Wenn sie's nun hören? Sie haben feine Ohren da oben in Asgardh. Sind sie auch – glücklicherweise! – nicht allwissend wie der Herr Christus und sein Herr Vater und dann der dritte, der auch wieder eins mit den beiden anderen ist. – Das soll ein Mensch begreifen! Das heißt: Nein, man soll's ja nicht begreifen, nur glauben. Ist auch hart! – Diese Allwissenheit der drei christlichen Götter – das heißt: Nein, ich bitt' euch um Verzeihung alle drei. Das heißt: Nein, ihr seid ja nur ein Gott. Drei fränkische Gaukönige sind aber mehr als einer und um zwei zu viel! – ist mir von all ihren Tugenden die zuwiderste, nämlich, die wissen dann also auch, was zu tun man sich nur einmal so ein bißchen überlegt hat? Da hört doch alle Sicherheit und Ruhe des Denkens auf! Also, was ich sagen wollte: Durchaus glaub' ich an die Götter – hört es, all ihr zwölf da oben in Asgardh! Oder seid ihr mehr, dann hört es auch ihr. Nur glaub ich – ein wenig –, daß auch Hrothehildens Götter – das heißt Gott – lebt, irgendwo da oben – der Himmel ist ja ziemlich groß! Und nun wollen wir einmal an diesem Knaben Chlothachar eine Probe anstellen. Den ersten, den armen Childerich – war ein freudiger Bub! –, den hab' ich – das sag' aber nicht der Frau Königin! – heimlich auch den Göttern geweiht. Er starb. Nun wollen wir einmal den zweiten ganz ausschließlich dem Christengott weihen, den Göttern aber gar nicht. Nun soll der Christengott mal zeigen, was er kann. Die Götter werden aus Rache – kann's ihnen nicht verdenken, tät's eben so! – und um uns ihre Macht zu zeigen, das arme Kind töten wollen. Ei, nun soll Herr Christus einmal seine Kraft erwahren! Sein Ruhm, seine Macht gegenüber unseren Göttern steht in Frage. Beim lodernden Loge: Ich ließe mich dabei nicht suchen. Er allein soll das Kind am Leben halten – *wenn er kann*. Hörst du's,

Herr Christus? Ich fordere dich dazu heraus … Freilich«, fuhr er nach einer Weile ganz trübselig fort, »das Kind kann darüber in die Brüche gehen. Ist Wodan stärker als Christus, dann geht der Kampfpreis drauf. Aber … was denn? Ich – ich komme dann darüber zur Klarheit, wer stärker ist von den beiden Göttern. Und dieser Zweifel quält mich schon lange. Meine schöne Frau liegt mir Tag und Nacht in den Ohren – die alten Götter dagegen haben keine solche Fürsprecherin. Denn Frau Basina … ist nur meine Mutter – und weit weg. Dank dem Gott, der dieses Verdienst hat (werden wohl die von Asgardh sein!). Freilich, den Buben setz' ich dabei aufs Spiel. Aber erstens, schau, Ansovald, ist er nicht so stark und stattlich, wie sein Bruder war. Und zweitens, geht er darüber zugrunde – nun, so ist's erwiesen, daß es nichts ist mit dem Christengott. Und dann wird sich mir manche Heidin nicht weigern, mir Merowinger zu gebären – ich kenne etliche, die mir gern den Wunsch erfüllen, recht gern auch noch! So die schlanke Wintrud in Soissons –, die, nur den alten Göttern geweiht, am Leben bleiben werden. Frau Hrothehild, nun bete, daß der Bub nicht krank wird. Es wäre schlimm für deinen Gott und … dich!«

Nicht diese Gedanken beschädigten sie doch, als ihr Mutterherz in Angst versetzt wurde, da in Bälde das Kind von der gleichen Krankheit befallen wurde, die seinen Bruder hingerafft hatte. Sie wich – von Genovefa abgelöst – nur dann von seinem Lager, wann sie in die kleine Kapelle des Palastes eilte. Der Raum war das Schreibgemach Julians gewesen, in dem er vor seiner Erhebung zum Imperator heimlich den Olympiern geopfert hatte. Nun hatte eine Burgundin die Wände, die damals die Opfer für Phoebos-Helios geschaut hatten, mit den Sinnbildern des Christentums, dem Monogramm Christi, dem Fisch, der Taube, dem Lamm, in Mosaik schmücken lassen. Hier lag sie dann mit entblößten Knien auf den harten, kalten Marmorstufen des Altars, mit beiden Armen einen Elfenbeinschrein umschlungen haltend, der einen Zahn des heiligen Stephanus' und den kleinen Finger des Apostels Johannes barg. In brünstigem Gebet hingegossen, rang sie mit Gott und den Heiligen um das Leben ihres Kindes.

Oder sie kniete vor einer kleinen Bildsäule der heiligen Jungfrau aus getriebenem Silber, die auf dem linken Arm das Jesuskind – eine eigene, leicht abzunehmende Gestalt von etwa einer Fingerlänge – trug.

Rätselhaft, unheimlich war ihr in dieser Zeit der Schmerzen das Verhalten ihres Gatten.

Sie wußte ja: Er liebte sie heiß, leidenschaftlich. Sie wußte auch, wie heftig er sich einen Sohn, einen Erben seiner Macht, gewünscht, wie er sich über den

Verlust des ersten erregt, wie er sich über den Ersatz durch den zweiten gefreut hatte. Allein wenn er, immer und immer wieder an das Bettlein tretend, von seinem jüdischen Hofarzt Jaffa und seinem christlichen Alexandros immer wachsend ungünstige Aussprüche vernahm – germanische, kräuterkundige Priesterinnen der Frikk, die sich hilfreich gemeldet hatten, hatte er barsch davongejagt! –, dann zeigten seine Züge weniger Schmerz und Sorge als Zorn, ja, eine Art von grimmer Schadenfreude brach sogar in seinen Worten zu ihr hervor. »Ja, natürlich. Versteht sich! Wundert mich gar nicht! Jetzt wird's zutage kommen, wer stärker ist.«

»Wer? Was meinst du, Chlodwig?«

»Ah, nichts! – Hätte das Kind mit der heidnischen Wasserweihe den Namen erhalten, wär's nicht erkrankt. Es wird wohl dem ersten Merowinger, den man getauft hat, bald nachfolgen. In den schönen Christenhimmel, tröstet dich das? Hei, ich brauche einen Erben in Paris, nicht über den Wolken. Aber es geschieht dir schon ganz recht. Und mir auch! Doch … ich werd' mir zu helfen wissen.«

In jener Kapelle wollte die Königin ungestört sein. Sie schloß daher die Tür – zumal auch, um der seltsamen, halb frevelhaften, halb unklaren Reden ihres Mannes willen. Aber von dem Gang her gewährte ein kleines Bogenfenster Einblick in die Kapelle.

Ohne daß sie es in ihrem Schmerz und Gebet bemerkte, lugte Chlodwig gar oft hier herein. Einmal, erschüttert von ihrem Schluchzen und heißen Beten, reckte er drohend die Faust durch das offene Fenster gegen die Marienbildsäule und knirschte leise: »Mach, daß du sie erhörst. Sonst – beim lodernden Loge! – geht's ihr schlecht und dir schlecht: *Du* fliegst ins Feuer, *sie* fliegt ins Kloster, und in meine Arme fliegt die blondlockige Wintrud!«

Ein par Tage darauf, als die verzweifelnde Mutter wieder mit emporgerungenen Händen vor dem Marienbild lag und flehte – sie hatte keine Tränen mehr! –, wurde laut dröhnend an die Tür geschlagen. »Auf, mach auf!« schrie Chlodwig draußen.

Sie sprang auf und öffnete. Mit zornrotem Gesicht stürmte er über die Schwelle, gefolgt von dem Arzt Jaffa, der ein finsteres Gesicht zeigte. »Es geht zu Ende«, schrie Chlodwig. »Nichts hat all dein Beten geholfen, nichts die reichen Gelübdegaben, die deinen Schatz erschöpft haben, nichts das ganze Gewicht des Kindes in Gold, das du deinem Sankt Martin von Tours geschenkt hast. Warum hat es nichts genützt? Weil dein Gott und deine Heiligen ohnmächtig sind, das Kind gegen den Zorn meiner Götter zu schützen. Die haben die Übermacht. Nun ist's mit Händen zu greifen. Komm herauf, und sieh dein Kind sterben! Laß ab von dem unnützen Knierutschen hier und dem Gewinsel. Du aber« – hier sprang er gegen das Marienbild vor – »du sollst es spüren, wie weh es tut, einen Sohn zu verlieren.«

Und er riß die kleine Jesusgestalt aus dem Arm der heiligen Mutter und hob sie hoch in die Höhe, um sie im Wurf zu zerschmettern.

Entsetzt fiel die Frau ihm in den Arm und hemmte ihn. »O Maria, Mutter des Herrn, erbarme dich meiner! Verhüte diesen Frevel! Bitte für mich bei deinem Sohn. Laß mich nicht zuschanden werden vor den Götzen, den Dämonen der Hölle. Rette mein Kind, um Christi Namen zu verherrlichen. Er soll zeigen, daß er allmächtig ist.«

Schon hatte Chlodwig seinen Arm von der Faust des Weibes gelöst, schon holte er aus, um das Christusbild zu zerschmettern, da stürzte der andere Arzt über die Schwelle und rief: »Gerettet! Gerettet! Gelobt sei Christus, der Herr! Kommt hinauf, und seht. Die Gefahr ist vorüber. Im Namen Christi wagte ich den Schnitt – den freilich lebensgefährlichen, den Freund Jaffa scheute. Er gelang – die Geschwulst, an der das Kind zu ersticken drohte, hab' ich glücklich aus dem Hals geholt. Es holt tief und leicht Atem. Es wird leben!« Da löste Hrothehild, hochauf jubelnd, den kleinen Silberknaben aus des Gatten nicht mehr widerstrebender Faust, küßte ihn mit Inbrunst und legte ihn der Mutter Gottes wieder auf den Arm.

»Dank dir, Herr Christus! Preis und Lob dir in Ewigkeit!«

Und wie beflügelt, eilte sie aus der Kapelle und die Stufen hinan zu ihrem Kind.

Staunend, zweifelnd sah Chlodwig ihr nach. »Ei sieh«, sprach er nach einer Weile, »so ist Christus wirklich der Mächtigere?«

Langsamen Schrittes, eifrig sinnend, leise den Kopf schüttelnd, folgte er ihr nach.

XVIII

Dieser Tag bildete einen wichtigen Markstein auf der Bahn, die den Sohn Basinas immer weiter weg von deren Göttern führen sollte.

Er zweifelte nicht an dem Wunder, das er erlebt hatte. Und seine Gattin, Genovefa, die Bischöfe, die anderen Geistlichen und alle Christen zu Paris sorgten dafür, daß gar kein solcher Zweifel in ihm aufsteigen konnte. Die Königin verdoppelte ihre Gaben an die Kirchen, die Tag und Nacht von dankenden Gläubigen erfüllt waren. Genovefa hatte ein Traumgesicht. Sie sah die heilige Jungfrau ihres Sohnes Hände küssen, weil er ihre Fürbitte erhört hatte. Und sogar aus Reims eilte der vom König hochverehrte Bischof Remigius herbei, um die Stätten des Wunders – das Bett des Kindes und den Altar der Kapelle – und das silberne Doppelbild mit eigenen Augen zu sehen.

Gerade hierbei traf ihn der König. Er begrüßte den Greis mit einer gewissen Scheu, denn er fürchtete ein wenig diese Augen, die es seit so vielen Jahrzehnten gewohnt waren, in der Beichte und – nach solcher Schulung – auch außer der Beichte den Menschen in den tiefsten Grund der Seele zu schauen. Dann begann er mit listigem Augenzwinkern: »Ehrwürdiger Bischof, nun sag mir mal:

Warum wohl hat euer Gott dieses Wunder getan? Was meinst du? Aus welchem Grund?«

Mit wohlklingender, orgeltöniger Stimme antwortete Sankt Remigius, die seelenbeherrschenden Augen voll aufschlagend: »Du kannst fragen? Aus dem Grund seiner unergründlichen Barmherzigkeit, aus Mitleid mit dem Schmerz der ihm voll vertrauenden Mutter.«

»So, so! Was denn?« fragte der König, sichtlich enttäuscht und ein wenig verstimmt. »Und ich hatte geglaubt, um die drohende Zerstörung seines Bildes zu verhüten, um seine Wunderkraft zu beweisen. Schade! Es wäre so hübsch gewesen euren Herrn Christus durch solche Bedrohung jeden Augenblick zwingen zu können, zur Beweisung seiner Macht ein kleines Wunder zu tun.«

»Abscheulicher!« rief da Bischof Remigius.

»Was … was denn? – Was hast du zu sagen gewagt?« stotterte der König, mehr noch vor Staunen als vor Zorn halb sprachlos.

»Wie immer: die Wahrheit!«

Hoch richtete sich die ehrwürdige Gestalt des alten, doch nicht vom Alter gebeugten Mannes auf, aus seinen strahlenden Augen blitzte jener Mut des Glaubens, der die Blutzeugen der jungen Kirche mit Freudengesängen in den Tod hatte gehen lassen.

»Die Wahrheit!« wiederholte er. »Herr König! Dir ist alles Heiligste nur Mittel zu deinen schnöden, weltlichen Zwecken, und du schämst dich nicht, dem ewigen Gott deine sündigen Beweggründe zu leihen! Wahrlich, ich sage dir: Gott zu versuchen, ist eine schwere Sünde. Lade sie nicht, lade sie nie wieder auf dein schuldiges Haupt. Du würdest darüber zugrunde gehen.«

»Bischof, du reizt mich sehr! Du bist –«

»Ein Diener des Herrn, in dessen Hand ich stehe wie du. Und Menschenfurcht rührt nicht an jene, die des Herrn sind.«

Und er wandte sich um und ließ den Betroffenen stehen.

»Hm«, sagte der, »das ist ein anderes Holz, aus dem der geschnitzt ist, als Theoplastus und Cautinus. Die kann man biegen, bestechen und brechen. Aber solch ein Christenpriester … Der Mann ist ein Held. Helden muß man gewinnen oder – totschlagen, anders wird man nicht mit ihnen fertig. Wäre der immer im Palatium, Frau Hrothehild und er miteinander, wüchsen sie mir, fürcht' ich, über Haupt und Krone. Der drückt mich. Er muß bald wieder fort!«

Ein paar Tage darauf kam auf schäumendem Roß ein eilender Bote aus Reims angesprengt, um den Bischof schleunig heimzurufen: Eine Überschwemmung der Vesle habe die Basilika geschädigt.

Bestürzt eilte der Pflichteifrige nach Hause.

Die Vesle hatte weniger Wasser als je zuvor.

Der Bote ist bis heute noch nicht zu ermitteln gewesen.

XIX

Bald darauf entbot der König wieder einmal seinen treuen Guntbert nach Paris.

»Man sieht dich nicht, läßt man dich nicht holen«, schalt er. »Ist denn Frau Bertrada immer noch so schön?«

»Ich liebe sie«, erwiderte der andere. »Das ist für ewig. Deine Mutter … du fragst nicht nach ihr …«

»Was denn? Ja, ja. Nun, was tut sie?«

»Sie grämt sich. – Du schweigst? Freilich, du brauchst nicht zu fragen, über wen. Und über was!«

»Ist ja dumm! Hab' ich den Göttern, ihren Priestern, ihren Verehrern irgendwas zuleide getan?«

Guntbert starrte ihn an: »Das fehlte noch!«

»Ja was denn! Du weißt nicht, wie man mich drängt, Tag und Nacht, ich solle … Nun, laß das gehen. Ich habe dich nicht für schwierigen Rat nötig, sondern für das einzige, wofür du nütze bist.«

»Also Kampf!«

»Ja. Und Treue. Merk auf. Gewiß hast du dich gewundert – du und andere, die mich kennen –, daß so lange gar nichts los war mit dem Speer, daß ich mich jahrelang mit allzu schmalem Gewand begnügt habe. Was denn? Meinst du, ich hätte nicht längst wieder losgeschlagen, wären wir stark genug? Sind's aber nicht!«

»Nun«, sagte Guntbert, »mit den Burgunden, glaub' ich, würden wir fertig. Freilich, da König Gundobad seines Bruders Hilperich Drittel, deiner Königin Erbteil, dir überwiesen hat, hast du keinen Grund zum Angriff …«

»Hi, hi.« Chlodwig lachte. »Man sieht, daß du in den Wäldern von Toxandrien nur mit Frauen, Kindern und – Bären lebst. Ist ja dumm. Als ob je ein König, der einer war, einen anderen Grund zum Angriff gebraucht hätte als die Macht. Aber – daran eben fehlt's.«

»Ei«, erwiderte Guntbert, »du bist doch sonst eher zu keck als zu zag. König Gundobad ist –«

»Ah, bah! Den renn' ich über den Haufen. Aber –« Und nun machte der witzige, heiter sprudelnde Merowinger ein so ernstes Gesicht, wie es der Freund in keiner Kampfesnot, nicht in jener schweren Stunde in Soissons an ihm gesehen hatte.

Guntbert war hoch erstaunt. »Nun … aber?« Chlodwig sah scheu um sich. »Niemand hört es. Hinter jenem Burgundenkönig und hinter dem markschwachen Westgoten zu Toulouse steht *einer*« – noch mal sah er sich um – »der einzige auf Erden, den ich … nicht fürchte, aber scheue, gern vermeide.«

»Und das ist?«

»Theoderich, der Ostgotenkönig zu Ravenna.«

Guntbert nickte. »Sein Ruhm erfüllt die Welt. Seine Macht …«

»Was denn? Die würde mich nicht schrecken. Aber … man raunt, er sei – deshalb brenn' ich auch darauf, endlich bestimmt zu wissen, wie das ist mit den alten Göttern.«

»Was meinst du? Ich verstehe nicht …«

»Glaub's wohl! Horch auf! Man sagt, wird er zornig, geht ihm Feuer aus dem Munde, denn er stamme von Donar, und Donar habe ihm in die Wiege gelegt, daß er nie besiegt werden könne. Und das – bei Christus und Loge! –, das trifft zu. Wie viele Schlachten hat der Mann geschlagen, seit er, ein Achtzehnjähriger – nur mit seiner Gefolgschaft –, ohne seines Vaters Wissen einen Sarmatenchan vernichtete. Hunnen und Satagen, Römer und Byzantiner, Rugier und Skiren, Avaren und Gepiden und den heldenmütigen Odovakar, der sich wehrte wie ein Bär – alle hat er besiegt, selbst niemals bezwungen. Das ist wie Zauber, wie Donars Schildschutz. Wüßt' ich nur erst, ob Christus wirklich stärker ist als Donar! Solang ich das nicht weiß, mag ich den Goten nicht reizen.«

»Gut, aber Burgund –«

»Was denn? Du erfährst eben nichts in deinem toxandrischen Wildwald und in Frau Bertradens weißen Armen! Gar nichts erfährst du von den

Händeln und Plänen der Könige. Dieser Ostgote, den sie … den Weisen rühmen, den ›Friedenskönig‹ – ein Schlaukopf ist er! –, hat wohl herausgespürt, was für einen Feuerbrand in meinem Hirn mein rotes Har verdeckt. Unablässig ist er bemüht, die Könige aller Germanenreiche zu einem Schutzbündnis wider mich unter seiner väterlich weisen Oberhoheit zu versammeln. Und nun hat ihm Donar – oder der Teufel der Christen? – eine unvernünftig große Zahl schöner Weiber seines Hauses zur Verfügung gestellt, durch die sich der alte Kuppler alle Nachbarkönige verschwägert und verbündet. So hat er des Burgunden Gundobad Sohn Sigismund mit seiner Tochter Ostrogotho, den Westgotenkönig Alarich mit seiner anderen Tochter Theodegotho vermählt. Heb' ich den Speer gegen seine Eidame, fährt gleich Herr Theoderich mit seinem unbesiegbaren Donarschild dazwischen. Ja, und von Osten her hetzt er mir den Thüringer König Hermanfrid, der seine Nichte zum Weib hat, auf den Nacken. Seine schöne Schwester Amalafrida beherrscht ihren Gemahl, den Vandalenkönig zu Karthago, und ich habe keine Flotte, um die Schiffe dieser Seeräuber von meinen Häfen abzuwehren. Sein Wahl- und Waffensohn ist der König der rauflustigen Heruler, die mit Vergnügen zu Tausenden im schönen Gallien heeren würden. Kurz, binde ich mit einem seiner Schützlinge an, so habe ich all die vier anderen und ihn selbst, den Niebesiegten, auf dem Hals. Ist ja dumm. Ich bin nicht furchtsam –«

»Nein, du bist eher tollkühn.«

»Aber bevor ich in diesen Stacheligel von Königen greife, muß ich gewiß sein, daß Christus stärker ist als Donar. Und zwar der katholische Christus, der Christus von Hrothehild und Remigius und Genovefa. Denn vier von jenen Königen sind Arianer – der Thüringer und der Heruler sind Heiden.«

»Schäme dich, Sohn Basinas, an den Göttern deiner Väter zu zweifeln. Ich vertraue ihnen felsenfest. Und ist jener Theoderich von Donar entstammt, wohlan, du bist – von der Spindelseite – Wodans Sproß!«

»Ja, so sagt Frau Basina. Ich will's auch glauben. Aber mir hat mein Urvater Wodan leider nicht wie Donar dem Goten jenen feurigen Hauch als Angebinde gegeben. Und das Siegesschwert, das er in des Ahnherrn Merowech Halle zurückließ – wo ist es verborgen? O daß mein Vater sterben mußte, eh' er das zu Ende gesagt hatte!«

»Aber«, wandte Guntbert ein, »wie willst du das zur Entscheidung bringen, das von der Obmacht des Christengottes oder Donars?«

Chlodwig machte ein pfiffiges Gesicht. »Will dir's sagen. Aber schweig! Bevor ich mich an jene Verbündeten wage – vielleicht gelingt es auch, den einen oder anderen in Sicherheit einzulullen und auf meine Seite zu locken. Mir schwebt so was vor! –, mach' ich die Probe an einem König, der nicht unter Theoderichs Schild steht.«

»Wen meinst du?«

»Ich meine den Alemannen, Chuodobert, den Heiden.«

»Was hat er dir zuleide getan?«

»Was denn, was denn? Auch noch mir was *zuleide* tun! Als ob ich darauf warten müßte. Die Dinge dort laden zum Zugreifen ein wie vollreife Erdbeeren im Wald. Chuodobert ist ein Urenkel jenes Chuodomar, neben dem mein Ahnherr Merowech-Serapio bei Straßburg gestritten hat. Noch singen und sagen die Alemannen von ihrem gewaltigen König, der gekämpft habe wie Donar und doch den Zauberkünsten des Cäsars der Römer erlegen und, gefangen, in Rom an Heimweh gestorben sei. König Chuodobert ist ein tapferer Stier, aber kein Feldherr, hat nicht wie mein Vater und wir Franken alle von großen römischen Kriegsmeistern gelernt. Und manche Gaue der Alemannen sind von ihm mit Gewalt herangezwungen worden, also nicht sehr eifrig für seine Herrschaft, und vor allem: Er hat keinen Sohn, keinen Bruder, der ihn rächen oder ihn beerben kann. Fällt er, so fällt das Königtum der

Alemannen nach. Günstiger könnten die Sachen gar nicht stehen.«

»Du willst ihn also …«

»Angreifen und zerschlagen. Und die Alemannen von Straßburg an über den Rhein hinüber – so weit es eben geht – meinem Reich einverleiben. Das geht Herrn Theoderich, den Weisen, gar nichts an: Die gehören nicht zu seinen Schützlingen. Vor der Schlacht leiste ich Wodan Gelübde um Sieg. Aber ja nicht sie vorher schon erfüllen! Siege ich auf seinen Namen, dann will ich hieran erkennen – und ich werd' es ihm recht ausdrücklich dabei sagen! –, daß er der Stärkste ist, stärker auch als Donar, von dem Chuodobert wie Herr Theoderich abstammen soll. Dann werd' ich es auch mit diesem, dem anderen Donarsprößling, aufnehmen. Zumal« – er lachte wohlgefällig – »mein Heer alsdann durch so viele tausend Alemannen – du, das sind feste zorngemute Kerle! – verstärkt sein wird.«

Guntbert sann einen Augenblick. Dann begann er: »Aber …«

»Was denn? Ist ja dumm!«

»Du weißt ja noch gar nicht –«

»Gleichviel! Kein Aber mehr, wenn ich einmal *will.*«

»Aber wie kannst du denn die Alemannen von Osten her angreifen, wenn du der Uferfranken nicht sicher bist, die dir jeden Augenblick von Norden her in die Flanke …«

»Ist nicht dumm! Tat dir Unrecht! Ist ganz gescheit.« Der Rotkopf lächelte ihm verschmitzt zu. »Schau, deshalb hab' ich den greisen König Sigibert zu Köln – ist so eine Art Oheim von mir – dafür gewonnen, mitzutun. Er hat einen alten Groll gegen diese seine Nachbarn im Süden, weil er lahmt seit vielen Jahren an einer Wunde, die ihm Chuodoberts Vater einmal in einer Schlacht geschlagen hat. Ist ja dumm! Er soll mir helfen, die trotzigen Recken zu bezwingen. Aber von ihrem Land soll er nicht eine Hufe gewinnen. Er ist ganz überflüssig, dieser König in Köln, nachdem er mir geholfen haben wird. Auf dich aber zähl' ich stark in jener Schlacht. Sie wird heiß. Ich kenne die grimmen Männer mit dem zurückgestrichenen Haar. Es wächst auf eisenharten Schädeln. Du sollst – neben mir – den ersten Keilhaufen führen.«

»Gern. Aber ...«

»Was denn, was ist denn noch zu abern?«

»Deine Kriegserklärung ... wie willst du sie begründen?«

»Wie der Wolf, als er das Lamm fraß! Der Stärkere hat immer das Recht zum Angriff! Nur der zu Schwache, der angreift, der ist kein Wolf, sondern ein – Schaf. Kriegserklärung! Ich brauche keine. Und sie? Sie werden's schon merken, daß Krieg ist, steh' ich erst in ihrem Land und lass' die Speere fliegen. Die *raschen* Franken rühmt man uns im Lied mit Recht.

Die da drüben aber, die suebischen Dickköpfe am Neckar – wie die bajuwarischen östlich vom Lech –, die sind nicht rasch. Schwerfällig sind sie. Man muß sie gar nicht erst zur Besinnung kommen lassen. Sind sie einmal entschlossen, dann sind sie viel grimmiger als wir leichtblütigeren. Aber bis sie aus ihren östlichen Gauen die Heerleute herangebracht haben – das geht alles gar schön langsam bei ihnen! –, habe ich mit meinen schnellen Franken das Aufgebot ihrer westlichsten schon auseinandergesprengt. Halte dich bereit. Urplötzlich fahr' ich aus: unter des waltenden Wodan Geleit.«

XX

In größter Stille und Heimlichkeit hatte Chlodwig im Winter und in den ersten Frühlingswochen die Vorbereitungen zu dem Feldzug gegen die Alemannen betrieben. Sorgfältig und genau waren den erst kurz vor dem Losschlagen in das Vertrauen gezogenen Grafen die Sammelorte für die Aufgebote ihrer Gaue, die Straßen – meist alte Römerstraßen –, auf denen sie gen Osten zu ziehen hatten, bezeichnet worden.

Der Zug ging von Westen nach Osten über Verdun nach Metz, einen Hauptort der verbündeten Uferfranken, mit deren Heer sich die Salier dort vereinen sollten, um dann gemeinsam zwischen Straßburg und Speier den Rhein zu überschreiten und schnell so tief wie möglich in das Land der Alemannen einzubrechen, um den Widerstand der nächsten Landschaften zu überwältigen, noch bevor König Chuodobert aus dem Innern des Landes herbeieilen konnte.

»Hört«, rief der König bei der letzten Musterung vor den Toren von Paris seinen Heermannen zu, »hört auf mein Wort, ihr freien, aber zuweilen frechen Franken.«

Die Leute lachten. Sie liebten ihren jungen König, seinen hitzigen Mut und auch seine scharfen Scherze, die er wie geflügelte Pfeile entsandte.

»Wenn ihr nun in das Land der Uferfranken kommt – wackere Leute, ihr versteht, aber nicht so klug wie wir. Sie arbeiten in diesem Krieg wie die Bienen – nicht für sich – für andere Leute …«

Verständnisvoll nickten ihm viele lachend zu.

»Dann betragt euch nicht frech, sondern friedlich. Küßt ihre Weiber nicht, trinkt ihnen die Keller nicht leer – oder doch nicht ganz! Bedenkt, wenn ihr diese wackeren Bienen aufstört und sie, gereizt, von hinten über uns herfallen, während jene wütigen Alemannenstiere uns von vorn auf die Hörner nehmen, dann kann uns Wodan beim besten Willen vielleicht nicht retten. Wohl verstanden, denn Übermenschliches mut' ich euch nicht zu! Auf dem *Hinweg* durch das Land der Uferfranken nehmt euch zusammen. Haben wir – mit ihrer Hilfe – die Feinde geschlagen, nun, auf dem Rückweg dürft ihr euch schon eher gütlich tun in Haus und Keller unserer treuen Verbündeten.«

Laut lachend schlugen die Leute die Speere an die Schilde.

Es war Anfang Mai, als das Heer aufbrach. Innig, aber tränenlos war der Abschied, den Frau Bertrada von ihrem Mann nahm. »Ich bange nicht um dich«, sprach sie, »in offenem Kampf. Ich baue auf deine Kraft. Ich weiß, du kommst wieder.«

»O Vater, Mutter, dann tut doch endlich nach meinem heißen Bitten«, flehte der Knabe Guntvalt, »und laßt mich – ich darf ja noch nicht in die Schlacht! – dem Vater den Schild ins Lager nachtragen.«

»Schweig«, sprach Guntbert, »du mußt hier Mutter und Schwester mit deinem Bogen beschützen. Begreifst du das nicht?«

Befriedigt schwieg der Knabe.

Aber mit schwererem Herzen sah die Königin ihren Gemahl ins Feld ziehen.

»O Teurer«, klagte sie, »mir ist bang um dich. Remigius sagt …«

»Was denn! Was sagt der fromme Mann schon wieder? Er sagt etwas viel in letzter Zeit!«

»Er meint, du habest gar keinen gerechten Grund, jenen König anzugreifen.«

»Ja, in der Bibel steht wohl nichts von meinen Gründen!«

»Theoplastus entschuldigte freilich: Heiden und Ketzer zu bekämpfen, bedürfe es nie besonderen Grundes.«

»Hei, hei. So, so.« Chlodwig lachte. »Danach ist's nur gut, daß gar kein katholischer Herrscher auf Erden lebt, ausgenommen der Herr Imperator drüben in Byzanz. Der tut mir gewiß nichts. Sonst könnte ich ja keine Nacht mehr ruhig schlafen. Leb' nun wohl! Sieh, da bringen sie schon den Gunfanon. Guntbert trägt ihn.«

Mit Erschauern sah's die Königin. »Wehe, wehe! Da ist es wieder, des Heidengottes, des Dämons verhaßtes Zeichen.«

Ziemlich unsanft hielt Chlodwig ihr den Mund zu. Es war fast ein leiser Schlag.

»Schweig doch! Erzürne mir im Augenblick des Aufbruchs den Gott des Sieges! Sei so gut! Ja? Hei, auf blutrotem Tuch die beiden grauen Wölfe, und der dunkelflüglige Adler Wodans darüber hin! Ich grüße euch, Gero und Frecho, und dich, du König der Lüfte! Sendet mir Sieg.«

»O Chlodwig! Und willst du wirklich unter jenem Zeichen kämpfen?«

»Ja, Wodan soll jetzt zeigen, was er kann. Wie der Sohn der Jungfrau (ist doch hart zu glauben!) seine Macht an unserem Kind erwahrte. Hörst du, Wodan? Nun gilt es *deinen* Ruhm! Versteck dich nicht!«

»So verschmähe doch den Segen nicht, den dein bangendes Weib dir mitgibt. Sieh hier: Genovefa und Remigius bitten dich wie ich.«

»Oh, Remigius? Hm! Der ist weise. Was will er?«

»Sieh hier, das silberne Jesuskind von damals …«

»Was denn! Was denn! Was soll's?«

»Aufgereiht an geweihter Schnur hat es Remigius. Du sollst es mit dir nehmen und tragen.«

»Wie? Vor meinen heidnischen Heermännern? Nein!«

»Wohl denn, verborgen, unter der Brünne, auf der Brust.«

»Hm«, machte er nachdenklich. »Nun, mag sein! Nützt es nicht, so kann's nicht schaden. Her damit. Aber geschwind! Die Franken brauchen's nicht zu sehen. Und nun noch einen Kuß. Ei, noch einen. Jetzt – Wodan oder Christus – helft. Ich rat' es euch. Wer besser hilft, hat mich und dieses Reich der Franken.«

XXI

Nicht nach Wunsch war die geplante Überraschung gelungen: König Chuodobert hatte früher, als Chlodwig gehofft hatte, Nachricht von den Rüstungen der Uferfranken – seiner nächsten Nachbarn – erhalten und hieraus Verdacht geschöpft. Der altersschwache König Sigibert hatte laut mit baldiger Rache für sein lahmes Bein geprahlt. So hatte der Alemanne rascher, als die Angreifer vermutet hatten, die Heerbannleute seiner Gaue im Elsaß, im Schwarzwald, am Neckar, in der Schweiz herangebracht. Die östlicheren freilich fehlten. Aber ohne deren Eintreffen abzuwarten, eilte der riesenhafte Recke den Feinden entgegen. Der ruchlose Überfall, der rechtlose Friedensbruch hatte ihn aufs höchste erbittert. Er hatte dem suebischen Kriegsgott Tius das Gelübde geleistet, ihm alle Gefangenen als Opfer zu schlachten, auch die erbeuteten Rosse zu ungeheurem Opferschmaus zu verwenden. Rastlos riß er die Seinen mit sich fort, und da auch die Verbündeten die Entscheidung suchten, bevor jene Ostalemannen eingetroffen waren, stießen die sich Suchenden gar bald aufeinander.

Im Elsaß war's, im Gelände der Lauter, da, wo etwa hundertzwanzig Jahre später eine Burg gebaut wurde. »Weißenburg« wurde sie genannt und hat auch später noch gar manchen Kampf gesehen.

Heiß tobte an heißem Sommertag die Schlacht. Das Flüßchen ging rot von Blut.

Die Alemannen hatten die Nacht vorher auf dem Galgenberg, auf dem rechten, dem Nordufer, gelagert. Ihre Spähereiter jagten am Morgen in das Lager zurück und meldeten, die Franken rückten eilig heran. Die dichten Wälder, die damals noch alles Land westlich der Lauter bedeckten, hatten ihren Anmarsch verborgen. Chlodwig hatte die Feinde überrumpeln wollen. Das war mißlungen. Sofort rief das Auerstierhorn, das ihr König über der Schulter trug, die Alemannen zum Aufbruch.

Gleichzeitig blitzten schon hell auf einem Berg des linken Ufers – den »Geißberg« nannten ihn die Umwohner, die ihre Ziegen auf die grasreichen Hänge des Bergwaldes klettern ließen – die Speerspitzen und die Schlachtbeile der Franken in der Morgensonne. Chlodwig, der den Römern manches ihrer Kriegskunst abgeschaut hatte, was ihm zu seinen Siegen erheblich nütze war, erkannte sofort die Bedeutung dieser steilen Höhe. Er stellte hier eine Kernschar, – Bataver waren's und Sugambern – als Rückhalt für alle Fälle auf. Und da er die Kampfgier – und Raubgier! – seiner Krieger kannte und fürchtete – allzufrüh würden sie, um an Sieg und Beute vollen Teil zu haben, ihre Stellung verlassen und sich in das Gewoge im Tale stürzen – bedrohte er jeden

Mann mit dem Tod, der den Berg verlasse, bevor der König diese Schar herbeibefehle. Dem alten König Sigibert überwies er den rechten südlichen, dessen Sohn, Chloderich, den linken nördlichen Flügel. Er selbst führte im Mitteltreffen seine Salier zum Angriff.

Chuodobert dagegen verschmähte – in altgermanischer, von den Ahnen vererbter Weise – jeden Gedanken an ein mögliches Scheitern des Angriffsstoßes seines Keiles und daher auch jede Deckung des Rückzugs, jede Aufsparung eines Rückhalts zur Aufnahme der Geworfenen. Vielmehr riß er auch den letzten Mann in seinem Lager zu wütendem Anlauf mit sich fort.

So rasend rasch stürmten die Alemannen heran, daß sie das Flüßchen gleichzeitig mit den Franken erreichten, obwohl es vom Galgenberg eine halbe, vom Geißberg wenig mehr als eine viertel Meile entfernt rinnt.

Wie auf dem rechten Ufer so begann mitten im Fluß der Kampf.

Denn beide Schlachtreihen stürzten sich, Fußvolk wie die wenig zahlreichen Reiter, in das brückenlose Wasser. In den Fluten selbst wurden sie handgemein, schwimmend, viele auf den Schilden liegend und dabei die bewehrte Rechte schwingend, oder stehend im Wasser, das oft bis nah an den Mund reichte.

Da entdeckten die Alemannen – sie zuerst – links und rechts von Chlodwigs Mitteltreffen je eine Furt. Die alemannischen Umwohner hatten sie den Stammgenossen gewiesen. Auf diesen Furten drangen starke Scharen von ihnen auf das linke Ufer und fielen den Uferfranken in die Flanke, ja auch schon in den Rücken.

Betäubendes Geschrei schlug von beiden Seiten an das Ohr Chlodwigs, der auf seinem Rotroß, seinen Reitern voraus, das rechte Ufer erreicht und die Feinde hier zurückgedrängt hatte. Er sah erschrokken zurück. Kein Zweifel! Das war das Siegjauchzen der Alemannen! Er sah die Uferfranken weichen! Nun drohte ihm selbst im Mitteltreffen dringendste Gefahr, von beiden Seiten, auch vom Rücken her, umfaßt zu werden.

Knirschend vor Zorn warf er das Roß herum und befahl seinen Reitern, durch das Wasser auf das linke Ufer zurückzujagen, den Uferfranken zu Hilfe.

»Hei, sie verdienen's nicht, die Tölpel! Aber es gilt, uns selbst zu retten.«

Und nun wälzte sich das Ganze über den Fluß hinüber ans das linke Ufer.

Einen Augenblick lang machte das Eingreifen der Salier den weichenden Uferfranken Luft. Aber da sahen sie zu ihrer Linken Chloderich mit seinem Gaul durch das bloße Ansprengen von König

Chuodoberts wuchtigem Hengst zusammenbrechen. Gleichzeitig verschwanden auf ihrer rechten Flanke ihre Königsfahne und der alte König selbst. Da war kein Halten mehr! Fechtend zwar und in guter Ordnung, Vater und Sohn – beide verwundet – in der Mitte tragend, wichen sie unaufhaltbar zum Geißberg zurück.

»Flieg, Ansovald!« donnerte Chlodwig, »flieg auf den Berg. Hole die Bataver und Sugambern. Rasch, sonst ist's aus! Wodan, o gib ihm deinen Flugmantel. Komm, Guntbert! Hierher an meine Seite! Spreng an mit mir auf jenen Keil da links! Der Riese an seiner Spitze wird wohl der König sein. Den will ich ...«

Aber es gelang nur langsam, durch die dichten Massen von Freund und Feind vorwärts zu kommen.

Und als Chlodwig jene Königsschar der Alemannen erreicht hatte, stieß er auf furchtbaren Widerstand.

Vergebens schmetterte er mit seiner scharfen Francisca einen nach dem anderen nieder. Sofort schloß sich die Lücke wieder, denn es waren die Gefolgsmänner des Königs, die hier kämpften. Und heiß sehnsüchtig richtete Chlodwig dazwischen durch immer wieder die Augen zu dem Berg, woher die Rettung kommen sollte.

Umsonst!

Wohl mußte er sich sagen, daß sein Bote die dort Harrenden unmöglich schon erreicht haben konnte.

Aber sie sahen doch deutlich, wie dringend man sie hier unten brauchte! Wie schalt er nun seinen eigenen Befehl, der sie da oben – bei Todesstrafe – fest bannte.

»Helft, all ihr Götter! Ich opfer' euch hundert Rosse!« schrie er, zornig gen Himmel blickend und abermals das Schlachtbeil auf eine eherne Sturmhaube schmetternd. Da – Entsetzen! Da zerbrach der Schaft. »Meines Vaters immer sieghaftes Beil«, schrie er außer sich und warf den nutzlosen Stumpf in seiner Hand drohend gegen die Wolken. »Welch arges Zeichen! Ihr Götter, ist das eure Hilfe? Reicht mir Speere! Speere her!«

Mit zwei Speeren in der Rechten sprengte er abermals vorwärts. Sein Hengst, aus mehr als einer Wunde blutend, gehorchte kaum noch dem Sporn.

Da scholl ihm gegenüber aus einem dichten Knäuel von Reitern eine mächtige Stimme: »Platz! gebt mir Raum, Schildgenossen. Da seh' ich die rote Fahne des Merowingers! Die hol' ich mir!«

König Chuodobert brach aus den Seinen hervor. Seine Wurflanze flog. Der Bandalar der Salier fiel, das Banner verschwand. Laut jauchzten die Alemannen.

Sofort riß Guntbert die Fahne aus der Hand des Sterbenden, schwang sie hoch empor und rief: »Hei, Wodan und Chlodwig!«

»Hei, Donar!« rief der sieben Fuß lange Riese und warf einen zweiten Speer. Abermals verschwand das Banner, denn Guntbert stürzte, schwer getroffen, vom Roß.

Chlodwig sah's. Laut schrie er auf vor Wut, so laut, daß der Alemanne es durch alles Getümmel der Schlacht hörte. »Hierher, König! Dich ruft Chlodwig, der Merowinger! Speere! Reicht mir Speere!«

Der andere wandte ihm den mächtigen Rappen zu. »Ah, Friedebrecher, Landräuber. Warte!«

»Wodan hilf!« flehte Chlodwig. »Nur bei *diesem* Wurf. Dir vertrau' ich ganz.«

Seine Lanze flog gleichzeitig mit der des Feindes. Aber krachend zersplitterte sie an dem erzbeschlagenen Schild des Alemannen in viele Trümmer, während dessen Wurf dem Franken mit solcher Wucht den Helm vom Haupt schmetterte, daß der halb Betäubte fast aus dem Sattel geflogen wäre.

Aber im selben Augenblick stürzte sein Hengst tot zu Boden. Nahezu hätte er den Reiter unter sich begraben. Mit knapper Not machte er sich von dem Tier los. Da stand er nun allein, weit vor seinem Fußvolk – seine nächsten Mitkämpfer zu Pferde lagen tot oder wund –, und schon sprengte der Hüne auf ihn ein, das ungeheure Hiebschwert schwingend.

Da schrie Chlodwig in höchster Not: »Gott Hrothehildens! Rette mich, und gib mir den Sieg.

Und – ich schwör's – ich lass' mich taufen! Dir vertrau' ich. Hilf!« Und mit der Linken an das Christusbild unter der Brünne an der Brust drückend, holte er mit der Rechten aus, um mit gewaltigem Wurf seinen letzten Speer zu versenden.

Der Speer traf. Er drang dem Riesen gerade oberhalb der Brünne in die Kehle und fuhr im Nacken wieder heraus. Der Gewaltige sank, rasselnd in seinen Waffen, rücklings vom Gaul, der, des Reiters ledig, in weiten Sprüngen in die Reihen der Alemannen zurückjagte, Schrecken und Trauer tragend.

»Sieg!« jubelte Chlodwig. »Herr Christus, ich bin dein! Jetzt beschaff' mir noch ein frisches Pferd.«

»Hier, König, nimm das meine!« rief Ansovald, abspringend.

»Du? Du zurück?« sprudelte Chlodwig im Aufsteigen hervor. »Wo sind sie? Bringst du sie nicht?«

»Habe sie schon gebracht! Dort sind sie! Hörst du sie?«

Mit brausendem Schlachtruf brachen da Bataver und Sugambern in die rechte Flanke der Alemannen.

Diese, schon stundenlang im Gefecht, von der Hitze erschöpft, hielten dem Anprall frischer Truppen – auserlesener Krieger – nicht stand.

Das Gerücht von dem Fall ihres Königs erreichte einstweilen auch jene Scharen, die nicht Augenzeugen gewesen waren. Sie wankten, sie wichen, sie ließen von der Bedrängung der Uferfranken ab.

Die aber wetzten eifrig ihre Scharte aus. Von der Verteidigung gingen sie rasch zum Angriff über, und nun von Uferfranken, Batavern, Sugambern und von Chlodwigs Fußvolk von allen Seiten her angefallen, warfen die Alemannen die Waffen weg und flohen.

»Verschone uns«, riefen jene, die ihn kannten, Chlodwig zu, »unser König ist tot. Sei *du* unser König. Wir sind dein!«

Gern hätte der sie zur Rache alle erschlagen lassen, denn er war der Verzweiflung recht nahe gewesen. »Aber was denn? Was denn?« flüsterte er Ansovald zu. »Ist ja dumm! Brauche sie demnächst gegen – nun, gegen andere Leute.«

Und so gebot er denn, die Waffenlosen zu schonen.

Nur die Gefolgsmänner des gefallenen Königs verweigerten die Ergebung. Sie wollten ihren Herrn nicht überleben und kämpften fort, bis der letzte Mann erschlagen lag.

XXII

Zum Himmel jauchzend war der Königin Freude, als Chlodwigs Boten nicht nur des Königs Sieg und wunderbare Rettung, sondern auch – aber noch unter Einschärfung des tiefsten Schweigens – seinen Glaubensentschluß meldeten.

Sie sank unter Freudentränen in Genovefas Arme und wiederholte immer wieder: »Das verdanken wir deinem Gebet, du heilig' Mädchen. Uns Sünder würde der Herr nicht erhört haben. Du aber, ich weiß, hast Tag und Nacht für ihn gebetet.«

»Ja«, erwiderte sie unter Tränen der Rührung. »Ich mußte die Seele des Sohnes retten, da ich den Vater nicht aus schwerster Sünde und aus Wahnglauben zu lösen vermochte.«

Alsbald begannen – noch vor der Sieger Wiederkehr – die Vorbereitungen zur Taufe. Theoplastus und Cautinus wollten sich der Leitung bemächtigen. Aber der König ließ wissen, er übertrage das dem ehrwürdigen Remigius. Grollend traten jene zurück.

Nicht so rasch, wie Frau Hrothehild wünschte, konnte der Gemahl nach Hause zurückkehren.

Zunächst mußten die Gaue der Alemannen, die sich unterworfen hatten, für den neuen Herrscher in Eid und Pflicht genommen werden. Der durchzog das Land von West nach Ost, die freien Männer an den alten Malstätten versammelnd, wo sie dann auf ihre Waffen eideten. Jene östlichsten Gaue, deren Aufgebote die Niederlage und Ergebung an der Lauter nicht geteilt hatten, hielten sich noch zurück. Ihre Scharen besetzten ihre Marken, und als sich Chlodwig anschickte, mit Gewalt vorzugehen, da erschienen in seinem Lager plötzlich Gesandte des großen Gotenkönigs zu Ravenna, der ihm sagen ließ, diese Ostgaue hätten sich unter seinen Schutz begeben. »Unter der Amaler fleckenlosen Schild sind sie geflüchtet. Hüte dich, auf sie zu stoßen. Jeder Stoß träfe nicht sie, sondern träfe meinen Schild.«

Zähneknirschend vernahm der Merowinger die Vorlesung des Schreibens. Giftige Blicke warf er den Gesandten zu. Es war des Goten alter Waffenmeister Hildebrand, mit langem Weißbart, und ein Graf Vitigis. Hitzig wollte er sie anfahren. Aber er bezwang sich und entließ sie mit dem Bescheid, er werde des weisen Theoderichs Wort befolgen.

Als sie das Zelt verlassen hatten, tobte er, darin wild umherrennend.

»Ansovald, wie ich ihn hasse, der mir in den Arm fällt, sowie ich die Frucht des Sieges pflücken will! Aber was denn? Bin noch zu schwach. Ich ganz allein gegen ihn und sein Rudel von verbündeten Königen! Was hilft's, gegen solche Übermacht loszufahren? Ist ja dumm! Erst muß ich aus seinem festgeschnürten Bündel von Speeren den einen oder anderen locker gemacht und leise herausgezogen haben, bevor ich die anderen zerbrechen kann. Tu's ganz gewiß!

Also in des Teufels Namen – an den ich ja jetzt glauben muß! –, kehren wir um, und lassen wir einstweilen liegen, was noch nicht zu haben ist.«

Auf dem Rückweg verweilte Chlodwig einige Tage lang in Metz, wohin die beiden Verwundeten – Vater und Sohn – gebracht worden waren, auch Guntbert, dessen gesunde Kraft sich rasch von der Wunde erholt hatte. Er war bald zu Hause, in Bertradens treuer Pflege. Die Königin Basina wandte ihm ihre eifrige Heilkunst zu.

Auch den beiden Uferfranken drohte keine Lebensgefahr.

»Schade«, sagte Chlodwig, als er es erfuhr, vor sich hinsprechend. »Ein oder zwei Todesfälle jetzt hätten mir spätere Arbeit erspart.«

Er besuchte, von dem Sohne – der schon wieder gehen konnte – begleitet, den Alten auf seinem Lager. Der hob nun an, seinen Anteil an dem eroberten Land in Anspruch zu nehmen. Aber übel kam er an.

»Was? Was? Was denn?« herrschte der Gast ihn an. »Was fällt dir ein? Du fieberst wohl! Der dir gebührende Anteil am Alemannenland – weißt du, wie viel der beträgt? Sechs Fuß Erde an der Lauter!

Wer hat die Schlacht verloren? Du! Wer hat die verlorene zurückgewonnen? Ich! Oder der Herr Christus, würde Frau Hrothehild sagen«, fügte er hinzu, sich fromm, aber ungeschlacht bekreuzigend. Denn das hatte er einstweilen erst ein wenig gelernt. »Sei du nur still und ganz zufrieden, wenn ich dir, zur Strafe für euer Verhalten, nicht ein Stück von deinem Land nehme. Zum Beispiel diese feste Stadt, in der jetzt fünftausend Salier stehen. Das bedenke, sinnst du etwa auf Gewalt gegen mich.«

Und ohne ein weiteres Wort ließ er ihn liegen und schritt hinaus.

Der Sohn folgte ihm, zum begütigen. »Ich«, sagte er mit einem scheuen Blick auf den Gewalttätigen, »ich würde dich nie reizen, wenn … wenn ich König wäre.«

Der Merowinger blieb plötzlich stehen und warf einen scharf bohrenden Blick auf ihn.

Der Jüngling schlug rasch die Augen nieder.

»So, so!« sprach der andere langsam. »Es dauert dir wohl zu lange? Was denn?«

»Ja«, seufzte der Sohn. »Als ich dort in der Schlacht erfuhr, er sei, schwer getroffen, vom Pferd gestürzt, da glaubte ich schon … Der Alte ist zäh, und er hält mich kurz in … Aber gleich darauf sank ich selbst, und der Alte …«

»Blieb am Leben! Ja, es geht manchmal alles verkehrt in der Welt. Allein, Geduld und … Mut! Wir sprechen ein andermal darüber, falls es noch gar zu lange währt. Wodan – was denn? – wollte sagen, Christus erfülle deine Wünsche.«

XXIII

Nach Paris zurückgekehrt und von den Seinen jubelnd empfangen, wiederholte der Neubekehrte seine strenge Einschärfung, die bevorstehende Taufe noch immer geheimzuhalten.

Erstaunt und nicht ohne Mißtrauen fragte die Königin: »Weshalb? Schämst du dich des Herrn?«

»Was denn? Ist ja dumm! Er hat ja seine Wodan überlegene Macht so deutlich bewiesen, daß ich blind sein müßte, hätt' ich's nicht gesehen. Schämen! Eher dessen müßte ich mich schämen, so lange dem Unrechten, das heißt dem minder Mächtigen, gedient zu haben.

Aber – Vorsicht tut not. Denn, weißt du, schöne Bekehrerin, ich möchte beileibe nicht, indem ich das Himmelreich gewinne, das Frankenreich darüber verlieren! Und das könnte mir leicht begegnen. Zwar können meine Franken mich nicht daran hindern, zu glauben, an wen ich will, aber ich kann auch sie nicht daran hindern, wenn ich von ihren alten Göttern abfalle, sich einen anderen König zu wählen. Was denn? Sie haben das Wählen gar nicht nötig. All' meine Nachbarkönige, meist meine Ohme und Vettern und andere Schwertmagen, sind noch eifrig heidnisch: Theudibert zu Béthune, Ragnachar zu Cambrai, Chararich zu Thérouenne, Rignomer zu Le Mans und noch ein halbes Schock solch' unnützer Mitesser an Gallien. Meine Gauleute brauchen nur über meine – überall so nahen! – Grenzen zu ziehen. Mit offenen Armen nehmen die lieben Nachbarn meine Krieger auf, das heißt, mir weg. Und leicht bezwingen sie mich dann, von allen Seiten eindringend.«

»Der Herr Christus wird dich dann beschützen«, tröstete die Königin.

»Ja, was denn! Was denn! Gar zu oft möchte ich ihn doch nicht bemühen, da oben auf seinem Himmelsthron. Und ein rechter Mann muß sich vor allem selbst schützen. Beten ist gut, aber fechten dabei! Deshalb gönnt mir nur so viel Zeit – ich werde ja doch so rasch noch nicht sterben! –, um meine Franken ein wenig vorzubereiten. Mindestens eine solche Zahl von ihnen und so tüchtige, daß sich die anderen besinnen werden, ehe sie mit uns anbinden. Ob Guntbert …« Er schüttelte den Kopf. »Ach nein! Den hält meine Frau Mutter allzu fest in der Hand. Uh, wenn ich die Schelte der grimmen Wodanspriesterin doch schon überstanden hätte! Sie hat so besondere Augen! Ich fürchte diese Augen immer noch so wie damals, als ich als Knabe so eine kleine nette Lüge gelogen hatte. *Muß* ich denn durchaus diesen unheildrohenden Augen begegnen? Was denn? Wollen doch mal sehen …«, schloß er sinnend.

*

Während dieser Vorbereitungen verlangte Remigius, der Neubekehrte müsse nun, bevor er würdig sei, die Taufe zu empfangen, gründlich in die Lehren der Kirche, in die genaue Kenntnis der heiligen Geschichte eingeführt werden, und sandte zu diesem Behuf einen frommen und gelehrten Priester, Hluthart, der ihn täglich mindestens eine Stunde unterweisen solle.

Aber Chlodwig sträubte sich gewaltig!

»Was denn! Was denn? Wozu denn? Ich habe von meiner lieben Hausfrau Tag und Nacht all diese Jahre lang schon so viel hören müssen von diesen heiligen Geschichten, daß es langt. Ist ja gar nicht nötig, daß ich's so genau weiß wie der Priester da. Will ja nicht predigen. Ich glaub' es ja doch nicht, weil der es sagt, oder weil es in dem dicken Buch da steht, sondern ganz einfach wegen des Tages an der Lauter. Und täglich eine Stunde sitzen wie die Knäblein in der Klosterschule! Das halt' ich nicht aus. Hätt' ich das gewußt ...«

Mit Mühe bewogen ihn die Bitten der Königin, nachzugeben

Er meinte dann, zu der Stunde könne ja seine Mittagsmahlzeit verwendet werden! Als der Priester das entrüstet ablehnte, setzte der ungebärdige Schüler durch, daß die halbe Zeit im Umherwandeln, nicht im Sitzen verbracht werde. Darauf ließ sich der Mann Gottes ein.

Als sie nun eines Tages in dem Palasthof auf und nieder schritten und Hluthart ausführlich erzählte, wie der Herr von Petrus verleugnet worden sei, rief der Merowinger unwillig: »Ah, der Neiding! Und den hat man nicht aus der Gefolgschaft gestoßen? Und der ist ein Heiliger? Da sind mir Guntbert und Ansovald lieber!«

Und als bald darauf berichtet wurde, wie der göttliche Dulder von den Juden mißhandelt und verhöhnt wurde, fuhr der König heftig auf: »Ja, diese Juden! Die Elenden! Man kann ihnen noch heute nicht genug Geld abdrücken – zur Strafe. Wär' ich nur dabei gewesen mit meinen Franken« – zornig ballte er die Faust – »wahrlich, er wäre nicht gekreuzigt worden!«

»Aber Herr König, bedenke doch! Dann wäre die Menschheit nicht erlöst worden.«

»Ja, so! Nun, den Sieg an der Lauter hätte er mir doch auch so gespendet.«

Kopfschüttelnd seufzte der Lehrer: »Ach, all mein Mühen ist umsonst! Ich fürchte, wir werden nur deinen Scheitel taufen: Deine Seele bleibt eine arge Heidin.«

XXIV

Alles geschah und gelang nach des Königs Willen. Unablässig waren er und die ins Vertrauen gezogenen Männer und Frauen bemüht, unter den vornehmsten und wichtigsten Geschlechtern der Franken – vorsichtig und unter der Hand – Anhänger für die katholische Lehre und Billiger des geplanten Schrittes zu gewinnen.

Er *mußte* gelingen. Die Annahme des Christentums durch die Franken war nur eine Frage der Zeit. In dem durchaus römischen und durchaus christlichen Gallien war die Aufrechthaltung des germanischen Heidentums eine Unmöglichkeit. In Städten wie Paris oder Soissons konnte man nicht germanischen Waldkult treiben. Da rauschten weder Wodans Eschen noch Donars Eichen, da konnte keine Göttin Nerthus aus einem geheimnisvollen See auftauchen. Die Franken mußten das Christentum annehmen, als ein wesentliches Stück der römischen Kultur. Nur etwa, ob sie wie Burgunden und alle Goten Arianer oder Katholische werden würden, konnte zweifelhaft scheinen.

Es war von weltgeschichtlicher Bedeutung, daß Chlodwig katholisch wurde.

Damals wurde der Grundstein gelegt zu Karls, ja sogar schon zu Ottos römischem Kaisertum, denn es ruhte auf der Schutzpflicht und dem Schutzrecht über die katholische, die römische Kirche.

Auch ziemlich plumpe Gewinnungsmittel, Geschenke aus Gold, Land, Verleihung von Ämtern wurden gelegentlich nicht gespart, am meisten aber wirkte der Hinweis auf den offenen Willen der Königin und den nur den zu Gewinnenden kundgegebenen geheimen des Königs selbst. Wer die Gunst des Hofes wollte, durfte dem Schritt wenigstens nicht widerstreben, wollte er ihn noch nicht mitschreiten.

Nach wenigen Monaten unablässigen Zusammenwirkens mit den beiden Frauen, mit Remigius, Theoplastus, Cautinus und anderen Geistlichen konnte der König jenem frommen Bischof sagen lassen: »Die Ernte ist reif. Bring sie unter Dach.« Es war die verabredete Losung.

Es ging auf Weihnachten zu: Eine Zeit, da das christliche Fest und die heidnische Sonnenwende viele Leute an den Hof zogen, weil der König alsdann eines der kleinen »Placita«, das heißt Versammlungen der einflußreichsten Großen, abzuhalten pflegte. Es fiel daher nicht auf, daß dies auch jetzt einberufen wurde. Außer diesen Vornehmen hatte der König aber auch auserlesene Heermänner der nächsten Gaue zu einer Musterung beschieden.

Wenige Tage vor dem Fest hielt Chlodwig auf dem weiten freien Platz im Norden vor dem Palatium diese Heerschau ab. Er ritt, umgeben von den gewonnenen Großen, auf königlich geschmücktem Roß langsam durch die Reihen, lobte gar manchen Krieger für alte und neue tapfere Taten oder für stattliche Waffnung, und mit vollen Händen teilte er Spangen, Armringe, Schmuckplatten, auch Goldmünzen aus, die ihm in zwei Schilden nachgetragen wurden.

Das währte geraume Zeit. Dann sprang er ab und bestieg die oberste Stufe der Treppe vor dem Palast, wo er weithin sichtbar und vernehmbar war.

»Hört mich, freie und tapfere Franken, hört eures Königs Wort. Viele von euch haben's mit erlebt, mit angesehen, alle anderen haben erfahren, wie die heiße Alemannenschlacht verlief. In höchster Not rief ich Wodan und die alten Götter an: Sie ließen mich im Stich, sie konnten mir nicht helfen gegen jenen Hünen. Da, um mein Leben ringend, gelobte ich dem katholischen Gott Treue und Mannschaft, wolle er mich retten. Mit diesem Wort flog mein Speer, der Riese fiel. Der Gott Hrothehildens hat mir das Leben, euch die Schlacht gerettet.

Wohlan, ich halte mein Wort. Er hat vorausbezahlt – anders hätt' ich's ja nie getan! –, ich leiste nach. Am Weihnachtstag nehm' ich die Taufe.

Wer von euch folgt seinem König nach: im Leben in den Sieg, im Tod in die Seligkeit des Himmelreichs?«

Da erscholl von vielen, vielen Stimmen brausender Zuruf. Der Beifall der im voraus heimlich Gewonnenen riß gar viele Überraschte, Gedankenlose fort. »Wir werfen von uns«, riefen die Eingeweihten, »die unmächtigen Götter, wir folgen dir, Herr König, zu dem Gott, der dir den Sieg gegeben hat.«

Die Mauern erdröhnten von dem Geschrei. Dreitausend Männer waren's, die so riefen.

XXV

An dem Morgen des ersten Weihnachtsfeiertages war in der geräumigen Basilika des heiligen Johannes, die sich dem Palatium gegenüber erhob, doch bei weitem nicht für alle, die das große Ereignis angezogen hatte, Platz zu finden. Die freudig bewegten Katholiken der Stadt, die eifrigen neu Gewonnenen und zumal große Haufen von heidnischen Franken, eingerufene Heermänner und viele fränkische Umwohner, zu denen die Nachricht rasch vorgedrungen war. Diese zog die Neugier, das Staunen herbei, auch das Verlangen, die nie geschauten Wunder des alle Sinne bezwingenden Gepränges kennen zu lernen, die damals die Kirche allein zu entfalten vermochte.

Sie wurden nicht enttäuscht, sondern berückt und bezaubert.

Die Königin wußte, wie stark diese Mittel wirkten, hatte sie doch sogar gehofft, selbst Chlodwig, den ungleich mehr als sein Volk an Prunk und Pracht gewöhnten, durch die bei der Taufe des ersten Sohnes dargelegte mystische Herrlichkeit bis zur Annahme ihres Glaubens zu betäuben. Das war damals freilich mißglückt. Aber man zählte darauf, wie all diese Blendung wirken müsse auf die schlichten Naturmenschen, auf die salischen Heerleute, die da aus ihren Holzgehöften im Rheinsumpf oder im Scheldewald in die Stadt, an den Hof, in die Kirche gekommen waren und nie dergleichen gesehen noch geahnt hatten.

Die triumphierende Kirche zeigte heute wohlweislich all den Pomp, all den Reichtum an Mitteln der verschiedensten Künste, Kunsthandwerke und sinnberauschenden Luxusgenüsse, über die damals eben nur sie in ihren Basiliken gebot.

Schnee und Schmutz waren aus den »Breitstraßen«, »Plateä«, säuberlich hinweggefegt worden, bunte Teppiche und Decken wurden nach altrömischer Sitte über die gereinigten Flächen gespreitet und aus den Fenstern aller Gebäude gehängt, die Kirchenmauern und die Säulen des Portikus waren mit weiß glänzendem Linnen überzogen und mit Kranzgewinden aus immergrünen Blättern umschlungen. Wohlgerüche, süß, nur allzu süß – bis zur Betäubung, bis zur Umnebelung der Denkkraft – strömten aus den Weihrauchbecken, die weißgekleidete Knaben, einander ablösend, unermüdlich schwangen. Zahllose Wachskerzen – die Grundholden der Kirche hatten vor anderen Dingen als »Wachszinsige« vor allem Wachs für diese Kerzen zu liefern, man kannte diese Art Beleuchtung kaum im Königspalast – verbreiteten, ausstrahlend vom Altar und dem Taufbrunnen, ein blendendes Licht, das die

Augen zu schließen zwang. Und so vernahm die Menge, vom Weihrauch eingelullt, mit gesenkten Wimpern den süßen Gesang, den unsichtbare Kinder, den Liedern der Engel vergleichbar, hoch von den Logen oberhalb der Apsis erschallen ließen.

»Da verhängte«, schreibt der ehrliche Gregor von Tours, »Gott über alle Anwesenden solche Gnade, daß sie wähnten, unter den Düften des Paradieses zu weilen.«

Ähnliches empfand wohl – in seiner Weise – ein hünenhafter Heermann aus dem Kohlenwald, der nie eine Stadt, nie eine Kirche von innen gesehen hatte. »Du, Sigiboto«, sagte er, seinen Nachbar in der Mark und im Heerkeil anstoßend, »das ist schöner und herrlicher, als ich Walhall schildern hörte. Mich gelüstet, dem König in seinen Himmel zu folgen.«

»Mich nicht«, erwiderte der andere.

»Warum nicht? Was gebricht hier an allem Besten?«

»Hei, nichts zu hören und sehen und riechen. Aber – was meinst du, was in jener großen Kufe ist?« Er wies auf den in den Steinestrich eingelassenen Taufbrunnen. »Ich hab' hineingeschaut: Wasser, elendes Wasser. Zu trinken gibt es nichts, so scheint's, im Christenhimmel. Ich fahr' gen Walhall.«

Gegen Mittag füllten sich das Innere der Basilika und der Portikus draußen vor den geöffneten Türen und die Stufen des Anstiegs und der breite Platz zu dessen Füßen und alle einmündenden Straßen.

In der Apsis der Basilika, hier wie gewöhnlich nach Osten liegend, auf dem Hochaltar standen die Bischöfe Remigius von Reims, Avitus von Vienne – als Gast der Königin –, Heraclius von Paris, Theoplastus und viele andere in ihren goldgestickten weißen und roten, oft seidenen Gewändern, ungezählte Geistliche zu ihren Füßen auf den niederen Stufen.

Ihnen gegenüber in dem Querschiff, zwischen den beiden Kanzeln, die nördlich links für die Vorlesung des Evangeliums, die südlich rechts für die der Epistel, thronte die Königin, das Antlitz verklärt von unaussprechlicher Freude, und ihr zur Rechten – so hatte sie befohlen – saß Genovefa, deren Gebet das Beste getan hatte.

Der Raum unmittelbar vor dem Altar war durch zwei Stufen über den Boden der Kirche erhöht und durch zierlich geschnitzte, mit Purpurtüchern überhangene Schranken – *»cancelli«* – abgeschlossen. Das Sanktuarium enthielt in der Mitte den Thor, das heißt den Altar, und an den beiden oberen Enden der Seitenschiffe links das »Senatorium« für die vornehmsten Laien und die klosterlosen Mönche, rechts das »Matroneum« für die edlen Frauen und die Nonnen.

Das ganze Mittelschiff und die Vorderseiten der beiden Seitenschiffe waren ausgefüllt von den fränkischen Heermännern, die, dreitausend an der Zahl, im Schmuck und Glanz ihrer besten Waffen dem Vortritt ihres Königs folgen wollten. Darunter sah man Ansovald, dann die Grafen von Paris und von Soissons, von Rouen und von Amiens, von Arras und von Tournay, von Tongern und von Namur, von Reims und von Meaux.

Ebenfalls durch Schranken abgesperrt, zog sich hart am Eingang quer ein schmaler Raumstreif hin, »das Rohr«, der »Narthex«, in dem die nicht zur Gemeinde Gehörenden das Evangelium und die Epistel anhören durften. Aber die Ausgeschlossenen und die Büßenden lagen vor den Toren, draußen in dem Portikus, mit dem Antlitz auf den Marmorestrich hingestreckt. Die Säulen, die, je zwölf an der Zahl, in zwei Reihen das breitere Mittelschiff von den beiden Seitenschiffen abtrennten, waren das am wenigsten Schöne an dem Bau. Das heißt, manche von ihnen war an sich gar prächtig, allein man hatte bei der Errichtung der Kirche – etwa ums Jahr vierhundert – diese vierundzwanzig Säulen nicht neu und einheitlich hergestellt, sondern sie genommen, wo man sie fand: in anderen, zerfallenden Basiliken, in Tempeln der Olympier, aus dem Palatium, aus den städtischen Hallen und Bädern. So standen sie durcheinander: dorische, ionische, korinthische, aus schwarzem, weißem, gelbem, rotem, braunem Marmor. Heute aber störten diese Widersprüche wenig, denn sie waren fast in ihrer ganzen Höhe von prachtvollen roten, goldgestickten Umhüllungen umkleidet, die auch von den zierlichen Halbbogen, die sich von Säule zu Säule schwangen, herabhingen.

Das Innere der Wände und die flache, getäfelte Decke war über und über geschmückt durch Mosaiken, die Christus, die Apostel, den Ausgang des heiligen Geistes in Taubengestalt, zahlreiche Heilige, dann aber die sinnbildlichen Gestalten altchristlicher Kunst darstellten: den seine Lämmer weidenden Hirten, den von der Schlange umringelten Baum der Erkenntnis und andere mehr. Am reichsten prangte solcher Schmuck auf Goldgrund in Massivwerk an dem »Triumphbogen«, der sich, Antikes in das Christliche übertragend – früher hatten die Bilder der Imperatoren die Apsis geschmückt –, den Sieg Christi über den Tod bedeutend, bei der Mündung des Langschiffs in das Querschiff in gewaltigem Schwung auf zwei mächtigen Säulen von Seitenwand zu Seitenwand hob und senkte. Aber die reichste Pracht war erfindungsreich gehäuft auf Ausschmückung des Taufbeckens, des »Baptisteriums«, das neben der linken, der nördlichen Kanzel, sieben

Fuß tief in den Boden der Kirche eingelassen und mit geweihtem Wasser gefüllt war.

Der schöne Tiefbau des brunnengleichen Beckens aus weißem, parischem Marmor stammte aus den Bädern der »Amphitrite«, die Julian, der Abtrünnige, nach seiner Thronbesteigung hatte aufbauen lassen, »in dankbarem Gedenken der Stadt seiner lieben Parisier, die seinen Stern zuerst aufsteigen sah.«

Der ganze kreisrunde Rand war mit goldenem Beschlag belegt, und auf diesem Beschlag erhob sich ein hohes, in einer vergoldeten Stangenspitze auslaufendes Zelt aus feinster, weißer Wolle, von roten Seidenbändern gestreift. Die Spitze der Stange aber trug ein Kreuz, und in der Mitte des Kreuzes lag, von undurchsichtigem Glas bedeckt, ein Splitter des Kreuzes Christi.

Nach langem Harren der Menge erschollen von dem linken Seitenschiff her aus einem angebauten kleinen Oratorium drei Schläge auf ein ehernes Becken, und in feierlichem Zug erschien eine Anzahl von Bischöfen und Priestern, Chlodwig in den langwallenden weißlinnenen Taufgewändern hereinführend.

Bei seinem Anblick brachen all die vielen hundert Priester in den brausenden Ruf aus: »Gesegnet bist du, der du suchest den Herrn. Der Sieg ist mit dir.«

»Dieses letzte ist das Beste an der Sache«, sprach Chlodwig mit tiefstem Ernst, an den Brunnen heranschreitend.

Nun schritten Remigius und Avitus – mit Groll im Herzen blieb Theoplastus zurück – von dem Altar zu dem Täufling herab und reichten ihm die Hände, als er die Marmorstufen in den Brunnen hinabstieg.

Als er, vom Wasser bis an das Kinn umspült, auf der letzten Stufe stand, sprach er mit lauter, weithin durch die Kirche schallender Stimme – es sollte eine Bitte sein, aber es klang wie ein Befehl: »Ehrwürdiger Herr Bischof von Reims, ich begehre von Euch durch den Taufbund aufgenommen zu werden in die Gemeinschaft der katholischen Kirche.«

Da sprach feierlich Remigius: »Dir werde nach deinem Willen zum Heil deiner Seele. Beuge den Nacken, fortab gesänftigt, Sugamber, tauch unter, spüle ab das Siechtum des alten Aussatzes und die lange getragenen Flecken mit frischem Naß.«

Hier erfaßte er das rote Haupt mit den langen merowingischen Königslocken und tauchte es unter, so daß es triefend wieder emporkam.

»Nun steig heraus, ein zweiter Constantinus!«

Wenig ahnte der fromme Mann, wie viel weissagende Wahrheit er in diesen zwei Worten aussprach.

Constantin hat das Römerreich, Chlodwig das Frankenreich und so das ganze Abendland dem Christentum überliefert.

Den Augenblick, da der König wieder der Seitenkapelle zu schritt, um die Taufkleider abzulegen, nutzte Theoplastus, sich an ihn heranzudrängen. »Vergiß nie, Herr König«, raunte er ihm ins Ohr, »wem du diese Stunde verdankst. Ich war's, der Hrothehild …«

»Hast du sie vielleicht entführt?«

Gereizt erwiderte der Bischof, so laut er konnte – denn er wollte den König vor allem Volk zwingen, mit dem Heidentum gewaltsam zu brechen: »O neugewonnener Bruder. Bete an, was du verbranntest, verbrenne, was du angebetet hast!«

»Schweig doch, bei Wodans Zorn!« flüsterte Chlodwig ihm wütend zu. »Sollen die Heiden hier mich auf dem Fleck, gleich an dem Taufbecken – noch naß! – ins Himmelreich schaffen? Ich mag noch nicht da hinauf. Was denn? Die Franken mögen glauben, an wen sie wollen, wenn sie nur meine Schlachten schlagen. Laß mich in Ruh'. Ich bin ganz naß. Ich friere.«

XXVI

Bald nach der Taufe führte der Bekehrte mit seiner klugen und tateifrigen Königin ein wichtiges Gespräch, zu dem Ansovald beigezogen wurde.

»Ihr seht«, begann er, »bisher haben die Heiligen – wie ich also nun nachträglich einsehe – mich von Erfolg zu Erfolg, von Sieg zu Sieg geführt, was eigentlich sehr schön von ihnen ist, da ich fort und fort nicht ihnen, sondern den Göttern dafür dankte.

Nach des Syagrius' Gebiet erwarb ich durch freiwilligen Anschluß Aremorica, Paris und viele andere Städte, ebenso die niederrheinischen Thoringe, und ein Tag gab mir ganz Alemannien bis auf die paar Gaue, die der verwünschte Amaler mir vorenthält. Das ist nun wieder gar nicht hübsch von deinen – will sagen *unseren* – Heiligen, daß sie dem solche Macht verstatten, ist er doch ein schnöder, falschgläubiger Ketzer, ein Arianer, der noch nicht einmal eingesehen hat, daß der Herr Christus und Gottvater eins sind! Der verstockte Sünder, der!

Also schöne Erfolge – doch noch lange nicht genug!

Da hocken um mich herum, in nächster Nähe, mehr als sechs salische Gaukönige und ein Uferfränkischer in Köln und hemmen überall meinen

Schritt über meine Grenzen und nehmen mir die Luft zum Atmen.

Die müssen fort, alle miteinander!

Ein kleiner König ist gar kein König!

Zudem aber: Nicht an mich allein denk' ich, sondern auch an das Wohl der Franken! Ich darf sagen, daß ich viel klüger bin und bessere Herrschaft führe als all die anderen. Es wird ihren Gauen gedeihlicher gehen unter mir. So denken die Leute dort selbst. Mancher schon hat in solchem Sinn zu mir geredet. Die Zeit für diese alten Gauverbände, diese kleinen Volkssplitter ist vorüber. Sie paßten in die Urwälder rechts vom Rhein, wo tageweites Ödland – wegloses – die Siedlungen trennte, nicht zu diesem Gallien, wo sich Dorf an Dorf, Stadt an Stadt reiht. Die Zeit ist reif, die kleinen Tropfen zusammenrinnen zu lassen. Wer das erkannt hat und unternimmt, der ist Herr in Gallien. Von selbst, nach nur leisem Rütteln, fallen ihm die reifen Früchte in den Schoß! Wohlan, ich *hab's* erkannt und will's vollenden! Was denn!«

Beide Hörer nickten Beifall, nicht ohne Bewunderung des hellblickenden und kühnen Geistes. Aber die Königin sprach: »Und eines, mein Chlodwig, hast du dabei ganz beiseite gelassen – das Wichtigste, Heiligste: Alle deine Nebenkönige sind Heiden. Du allein vertrittst die katholische Lehre. Ohne Zweifel wirst du bald anfangen, in deinen bisherigen Landen den Götzendienst zu verfolgen, auszurotten …«

Chlodwig blies wieder einmal hörbar vor sich hin: »Puh! Was denn? Fällt mir nicht ein. Laß doch jeden glauben, was er mag. Soll ich meine tapferen Heiden erbosen gegen mich? Ist ja dumm. Und Frau Basina! Und mein Versprechen, dem sterbenden Vater gegeben, hab' dir oft davon erzählt.«

Aber die Königin beharrte: »Der wahre Glaube kann den falschen nicht neben sich dulden.«

»Frau Königin«, warf Ansovald ein, »wenn das christlich ist, so ist's nicht schön. Solchen Schwur hab' ich mit der Taufe nicht angenommen.«

»Nun wohl«, sagte die Königin, geschickt ausweichend, wo sie noch nicht hoffen konnte, durchzudringen, »auch ohne Verfolgung werden die Heiden in jenen Reichen eher unter einem katholischen als unter einem heidnischen König für das Evangelium zu gewinnen sein. Darum vor allem billige ich deine Pläne und werde die Heiligen anflehen, sie durchzuführen!«

»Ach nein!« Chlodwig lachte. »Das werd' ich doch wohl schon selbst in die Hand nehmen müssen. Ich mache so was nicht so heilig, aber rascher, kräftiger. Ich besorge, die Heiligen würden nicht all die Wege wandeln wollen, die doch allein zum Ziel führen. Auch braucht's mehr Schlauheit, als ich den meisten

Heiligen zutraue: Zöllner, Fischer, was werden die viel von Königskunst verstehen? Schließlich leben sie ja alle schon so lange im Himmel, daß sie kaum noch wissen werden, wie es hier unten zugeht – gewiß ganz anders, als dort, wo sie immer nur beten und Psalmen singen.

Nun merk auf, Ansovald, wie ich mir die Sache, die Reihenfolge ausgetüftelt habe. Es versteht sich, daß wir mit der leichtesten Arbeit anfangen und an die schwerste zuletzt gehen.«

»Warum?«

»Was denn? Ist ja klar. Jeder Gau, den ich gewonnen habe, verstärkt sofort mit seinen Speeren mein Heer, so daß ich, von Stufe zu Stufe immer mächtiger werdend, so gewachsen zuletzt auch dem Mächtigsten überlegen bin. Wir fangen an mit dem leichtesten Werk: mit Ragnachar von Cambrai.«

»Aber, Herr«, warf Ansovald ein. »Der ist doch damals mit uns gegen Syagrius gezogen!«

»Was denn! Das dank' ihm der üble Höllenwirt! Er hat's doch nur aus Furcht vor uns getan. Und überdies bekam er seinen Anteil an der Beute.«

»Wenigstens an der Fahrhabe, nicht am Land!«

»Auch noch? Schon die vielen tausend schönen Solidi wurmten mich«, grollte Chlodwig. »Merk auf: Sein Heerbann ist der schwächste unter den Saliern. Überdies haßt ihn sein eigenes Heer, weil er außer anderen Lastern der Habgier fröhnt – der Freude an den Solidis, was man doch nicht soll, nicht wahr, fromme Königin? Das geht wohl gegen das sechste Gebot? Nein, nein, gegen das zehnte! Er und sein Freund und Kämmerer Farro, mit dem er jeden Raub teilt, nehmen das, was ihnen beliebt und gelüstet, den Untertanen mit Gewalt. Nach jedem solchen Griff pflegt er zu sagen: ›So, das ist gerade recht für mich und meinen Farro.‹ Ich meine immer, wenn man bei seinen Großen ein wenig vorbohrt mit Geschenken, lassen sie ihn gern im Stich mitten in der Schlacht. Es wird da gar nicht viel Eisen brauchen, nur ein wenig Gold. Und auch das Gold …« Er lächelte pfiffig vor sich hin und blinzelte mit den kleinen blaugrauen Augen.

»Und welchen Grund zur Kriegserklärung wirst du angeben?« fragte die Königin.

»Grund? Was denn! Ich bin der Stärkere. Ist das etwa kein Grund? Übrigens: Du bist eine kluge Frau! Für diesmal hast du Recht! Ich habe ja den allerlieblichst tönenden Grund, den man sich denken kann. Ich komme als Retter und Befreier seiner Untertanen von dem Räuber und Bedrücker. Das muß die Heiligen doch zu Tränen rühren und zur Segnung meiner Waffen!«

»Und wer kommt nach ihm an das Messer … an die Reihe, wollt' ich sagen?« verbesserte sich Ansovald.

Der Merowinger lachte vergnügt. »Tu dir keinen Zwang an in deinen Worten, bin nicht empfindlich. Der zweite wird jener elende Chararich von Thérouenne.«

»Der soll aber geliebt werden von seinen Leuten. Was willst du gegen den vorbringen?«

»O der Klügling! Er hat mir damals den Beistand gegen Syagrius versagt. Das soll er nun büßen.«

»Nun«, sagte der Antrustio, »dem anderen hat der geleistete Beistand auch nichts genützt. Und der dritte?«

»Den weiß ich selbst noch nicht. Kommt Zeit, kommt Rat. Hab nur keine Angst, daß ich einen vergesse und übriglasse. Da, auf diesem Zettel, hab' ich sie mir alle aufgeschrieben. Es ist ein ganzes Rudel dem Tod geweihter Könige.«

»Und fast alle deine Sippen!« sagte Ansovald.

»Bah, ich bin Christ. Nur den Heiden gilt als höchster Frevel, Sippenblut zu vergießen. Ich bin Christ. Sie sind elende, nichtswürdige Heiden, also Christi Feinde, also auch die meinen. Nieder mit ihnen – im Namen des Herrn!«

XXVII

Und die Geschichte weiß: Getreulich hat der neubekehrte Vorkämpfer der Kirche Wort gehalten! Nicht einen hat er übriggelassen.

Zunächst trugen seine geheimen Boten den Vornehmen des Königs zu Cambrai geschäftig goldene Armringe und Wehrgehänge zu, nahmen deren Klagen über die Völlerei und Wollust und Habgier Ragnachars und »seines Farro« entgegen, priesen das Glück der Untertanen Chlodwigs unter dessen in der Tat hochbeliebter Herrschaft und brachten alsbald die Aufforderung der Großen zu Cambrai zurück, sie von den Bedrückungen ihres Königs zu befreien.

»Ah«, rief Chlodwig bei der Ausrichtung dieser Botschaft, die er in Gegenwart seiner Bischöfe und Weltgroßen entgegennahm, »wahrlich, da ruft die Pflicht. Ziehen wir aus unter den Fittichen des heiligen Geistes, und helfen wir den Bedrängten.«

Als er mit seinem Heerbann von Süden her die Isère überschritten und das Gebiet Ragnachars erreicht hatte, stießen sofort die meisten von dessen »Leudes« zu ihm. Der dicke, durch Völlerei vor der Zeit unbeholfen, wehrlos gewordene König zog ihm entgegen und saß mit seinem Übelberater bei schwelgerischem Mal, als die Reiter seiner Vorhut mit der Meldung in das Lager zurückflohen, Chlodwig sei da!

Schwerfällig erhob sich der Schlemmer, sein Bruder Richar versteckte sich in einem Nebenraum. Farro zog das Schwert.

»Ei«, fragte der dicke Ragnachar, »sind es viele Feinde?«

»Genug für dich und deinen Farro!« lautete die Antwort.

»Mein Pferd!« gebot der König. »Flieht! Rasch!«

Aber schon schmetterten die Hörner Chlodwigs durch das Lager, gleich darauf dicht vor dem Zelt. Die Krieger Ragnachars warfen die Waffen weg, ja, die Boten ergriffen den König, zerrten dessen Bruder aus dem Versteck und banden beiden die Hände auf den Rücken. Farro, der sich zur Wehr setzte, wurde erschlagen.

Schon stürmte der Merowinger, die mörderische Francisca in der Hand, in das Zelt, von einigen Antrustionen gefolgt.

»Es freut mich, Vetter, dich zu sehen«, stammelte der Dicke. »Willst du nicht – wir waren gerade an der Tafel – mitschmausen?«

»Mich freut es gar nicht, Vetter, einen Merowinger in Fesseln zu sehen. Warum hast du unsere Sippe so erniedrigt? Wahrlich, besser wäre es für dich, zu sterben!«

Und er hob die mächtige Streitaxt und schlug sie ihm in den Schädel.

»Und du?« fuhr er Richar an. »Warum hast du deinem Bruder nicht geholfen? Dann wär' er nicht gebunden worden!«

Und hob die Streitaxt und schlug auch ihn tot.

Am gleichen Tag noch hob das ganze Heer des Erschlagenen den Sieger auf den Schild und huldigte ihm freudig als seinem König. Der umzog nun in feierlichem Ritt die Marken des neugewonnenen Landes und nahm den Freien überall den Eid der Treue ab.

Als er aber nach einer Woche wieder das Gebiet von Cambrai verlassen und nach Paris zurückkehren wollte, da holten ihn – an der früheren Grenze – jene Vornehmen Ragnachars ein, die er vor dem Angriff durch reiche Geschenke gewonnen hatte.

Es war ein schöner, aber heißer Sommertag. Chlodwigs Heer lagerte in einem schattigen Wäldchen hart an dem rechten Ufer der Isère, deren Fluten Kühlung brachten. Der König lag auf weichem, dunkelgrünem Moos unter einer breit schattenden Linde, deren Blütenduft er behaglich einsog. Ein mächtiger Krug voll dunkelroten Weines und ein goldener Becher – vor kurzem noch hatte Ragnachar daraus getrunken – standen neben ihm im Gras. Er lag, die Arme unter dem Kopf gekreuzt, vergnüglich hingestreckt.

Da kam Ansovald, lebhaft erregt, und meldete, zwölf jener Großen von Cambrai seien eben angesprengt und verlangten in heftigem Zorn, den König zu sprechen.

»Was denn?« lachte der. »Aha! Führ sie her. Und stelle dich – vorher – mit zwanzig Antrustionen mir zu Häupten.«

»Du willst liegenbleiben? Und du … du bist fast unbekleidet. Willst du nicht den Königsmantel …«

»Bei der Gluthitze? Ist ja dumm! Laß sie nur kommen. Die Autrustionen sollen Bogen und Pfeile mitbringen – außer der Francisca.«

Seine Befehle wurden vollzogen.

Alsbald stürmten – kaum waren die Bogenschützen von Ansovald aufgestellt worden – die Großen des Gebietes von Cambrai in Hast und Hitze heran, geführt von Rigobert, dem Grafen von Bence.

»Herr König!« rief der.

Chlodwig rührte sich nicht. Er blieb liegen, wie er lag, die Arme unter dem Nacken gekreuzt. »Was wollt ihr?« fragte er ruhig.

»Was wir wollen? Klagen! Uns bitter beklagen! Ist das Königstreue? Die Spangen, die Armringe, die Wehrgehänge, die Zierplatten, die du uns geschenkt, durch die du uns zum Abfall von unserem Herrn und König verlockt hast, sie sind – die Münzmeister zu Cambrai haben es festgestellt – nicht aus Gold, sondern aus elendem Kupfer und nur leicht vergoldet. Das ist …«

»Falsches Gold für falsche Treue.« Der Merowinger lachte, noch immer ohne sich zu rühren. »Solches verdient derjenige, der seinen König verrät. Ärgert mich nicht an diesem schönen, aber heißen Abend. Seid froh, daß ich euch den Treubruch gegen euren Herrn nicht durch Folter und Tod büßen lasse. Macht, daß ihr mir aus den Augen kommt.«

»Aber, Herr König …«, grollte der Graf von Bence.

»Antrustionen«, rief der, den Kopf leicht hebend und zu diesen wendend, »die Pfeile auf die Sehnen. Zielt!«

»Oh, Herr König«, rief hastig der Sprecher ganz erschrocken, »wir gehen ja schon! Wir sind ja schon ganz zufrieden, läßt du uns das Leben.« Und sie eilten davon.

Nun sprang Chlodwig auf: »Wahrlich, die brauchten einen Herrn. Nun, die Heiligen haben ihnen den rechten zur rechten Zeit geschickt.«

XXVIII

Chlodwig brach nie sein Wort, hatte er es zu seinem Vorteil gegeben. So wandte er sich, durch den Heerbann von Cambrai verstärkt, sofort nach der Vernichtung Ragnachars gegen Chararich, den Gaukönig von Thérouenne im heutigen Departement du Pas de Calais.

In wenigen Tagemärschen gen Nordwesten war das feindliche Gebiet erreicht. Überrascht durch den plötzlichen Angriff – ohne vorgängige Kriegserklärung –, versuchte der Erschrockene zwar seine Heerleute aufzubieten, aber im Gefühl, sie zu spät sammeln zu können, schickte er dem Angreifer Gesandte entgegen und bat um eine Unterredung, in der die Ursache des Angriffs erörtert werden solle. Er sei zu jeder Sühne auch für unbeabsichtigte Beleidigung bereit.

»Er soll nur kommen.« Chlodwig lachte. »Dann wird er die Ursache des Angriffs, die Beleidigung, die Sühne und die Strafe – alles zusammen – ganz geschwind erfahren. Er soll mich nach drei Nächten vor den Toren von Lillers in meinem Lager aufsuchen. Aber daß er nur ja nicht vergißt, seinen Sohn Charimer mitzubringen. Dem hab' ich was ganz Besonderes zu sagen.«

Dem Gaukönig von Thérouenne blieb keine Wahl. Er konnte, urplötzlich überfallen von übermächtigem, bisher stets siegreichem Angreifer, nicht Widerstand leisten. So hoffte er denn, ihn durch Zugeständnisse zu beschwichtigen. Wenig kannte er den Merowinger!

Als er an dem Abend des verabredeten Tages mit seinem Sohn, einem stattlichen, trotzig blickenden Jüngling, in dem Zelt Chlodwigs eintrat, traf er diesen bei seinem höchst einfachen Abendschmaus.

Erstaunt fragte er nach der ersten Begrüßung: »Der Duft dieses Bratens – das ist Pferdefleisch! Du bist doch Christ, denen ist das verboten!«

»Das schert dich nicht – oder den Teufel –, du schlimmer Heide. Das hat mir der Bischof von Genf gestattet – in Anbetracht meines schwachen Magens.«

»Aber fränkische Gaue kann dieser Magen gut vertragen«, warf der junge Charimer ein.

»Hei, hei«, sprach Chlodwig, mit dem Dolch im Wehrgehänge spielend, »schau, wie witzig! Schade, so kluge Kinder kommen selten zu Jahren.«

Er hatte sich nicht von der Tafel erhoben, ebensowenig die Ankömmlinge aufgefordert, mitzuspeisen.

»Wo sind eure Begleiter?«

»Am Eingang des Lagers wurden sie gleich von deinen Leuten zum Abendschmaus abgeführt.«

»So ist mein Befehl erfüllt. Nun sollt auch ihr sofort bedient werden. He, Ansovald!«

Da stürmte Ansovald mit zehn Antrustionen in das Zelt. Im Augenblick waren Vater und Sohn gebunden.

Chlodwig sprang nun auf. »Ihr Elenden, hab' ich euch? Ihr falschen Klugmeister! Ist das echte Sippentreue, daß ihr mich damals im Kampf mit dem Römer im Stich gelassen habt? Hättet euch wohl gefreut, hätte ich mir an den dicken Mauern von Soissons den Schädel eingerannt, he?«

»Aber Vetter –«

»Die Vetternschaft ist schwach, die mir nicht beisteht! Ich hatte euren Tod beschlossen. Ja, ja, fahrt nur zusammen. Aber meine fromme Königin hat für euch gebeten. Sie will wieder einmal ein gottgefälliges Werk tun. So hab' ich ihr denn versprochen, ihr sollt am Leben bleiben, wenn ihr Christen werdet, euch die langen merowingerischen Königslocken scheren laßt und als Mönche in mein neugegründetes Kloster Micy eintretet.«

Bestürzt wie vernichtet, stammelte der Vater: »Sich taufen lassen? Sei's darum. Aber das Königshaar schneiden lassen …«

Da tröstete ihn, noch in seinen Fesseln trotzig, der Sohn: »Ach Vater, laß gut sein, die Taufe kann man wieder abspülen. Und an frischem Holz wächst auch das abgeschnittene Laub wieder nach.«

»So meinst du, du hoffnungsvoller Neffe? Entspringen und wieder als König auftreten? Warte! Da muß nicht das Laub, da muß der Stamm fallen. Führt sie hinaus – beide –, und schlagt ihnen die Köpfe ab. Ich kann Frau Hrothehild nicht helfen! Er will ja nicht Mönch *bleiben*. Morgen ziehen wir ein in Thérouenne und nehmen alles Volk in Treuepflicht.«

Und so geschah es.

XXIX

Von Thérouenne aus wandte sich der Unermüdliche sofort gen Süden nach Le Mans. Dort herrschte Chararichs Bruder Rignomer als Gaukönig, der zur Blutrache rüstete.

Aber seine Gauleute zeigten wenig Lust, dem überall erfolgreichen Sieger entgegenzuziehen. Sie drohten, sich zu widersetzen. Chlodwig erfuhr, daß es auf dem Sammelort vor Le Mans zu Gewalttaten kommen könne.

Alsbald meldeten sich zwei treffliche Pfeilschützen bei Rignomer, Überläufer, die, unfreie Knechte Chlodwigs, wie sie sagten, dem Christen nicht länger dienen wollten. Gern nahm sie jener auf. Sie hießen Geremar und Frechramn, aber der König hatte ihnen längst nach den beiden Wölfen Wodans die Kosenamen »Gero« und »Frecho« gegeben.

Bei der Heeresschau vor den Toren von Le Mans, am Rand eines Waldes, schien es nun nicht zu Gewalt kommen zu sollen. Zwar schalten die Krieger laut und hoben auch wohl drohend die Fäuste gegen den König, aber keine Waffe wurde gegen ihn gezückt.

Da, als er auf eine solche ungebärdige Schar zuschritt, kamen plötzlich aus dem Waldesdickicht ihm gegenüber zwei Pfeile geflogen, die ihn in die Stirn trafen. Tot fiel er zur Erde.

Die Mörder wurden nie entdeckt.

Das Heer lief auseinander, nachdem es noch den Beschluß gefaßt hatte, Chlodwig einzuladen, des erblos Verstorbenen Königstab aufzunehmen. Alsbald hielt er seinen glänzenden Einzug in Le Mans, und alle drei Gaue schworen ihm den Eid der Treue.

»Hei«, sagte Chlodwig, »so heißes Eisen muß man schmieden. Offensichtlich wollen es die Heiligen – wie ich –, daß diese elende Zerbröcklung des Frankenvolkes in kleine Fetzen, die nicht gedeihen, nichts leisten können, aufhöre. Wohlan, tun wir nach ihrem Willen.«

Gleich nach dem Einzug in Le Mans schrieb er einen Brief an Chloderich, den Sohn des Königs der Uferfranken. Er hatte erfahren, daß der Vater zur Zeit jenseits des Rheines im »Buchonischen Wald«, im Chattenland, bei Fulda, des Waidwerks pflog. Der Brief trug weder Aufschrift noch Unterschrift. Zwei Bogenschützen – Gero und Frecho, sie hatten sich gar bald wieder bei ihrem Herrn eingefunden – führten ihn in einem hohlen Pfeile. Und der Brief lautete: »Jener Freund, dem Du nach dem Sieg an der Lauter geklagt hast, daß der alte längst morsche Baum noch immer nicht fallen will, teilt Deinen Schmerz. Was nicht fallen will zu rechter Zeit, muß man fällen. Jetzt ist günstige Gelegenheit. Er rät,

Dein Freund. Er wird Dich bei der Arbeit unterstützen.«

Alsbald schickte Chloderich dem Vater die Bogenschützen als Jagdgehilfen in den Hessenwald.

Der alte Mann verschlief einmal die schwüle Mittagsglut im kühlen Buchenwald in seiner offenen Hütte aus grünem Gezweig.

Als er bei Sonnenuntergang noch nicht wieder erschien, bog sein Falkenwart die Äste auseinander, lugte hinein und schrie laut auf. Tot lag der Greis, zwei Pfeile in der Stirn. Das ehrwürdige, lange, weiße Königshaar war über und über von Blut gerötet.

Alsbald kamen zu Chlodwig, der einstweilen nach Paris zurückgekehrt war, seine beiden Wölfe und brachten des neuen Königs der Uferfranken Antwort. »Siehe«, meldete er, »mein Vater ist leider vor der Zeit gestorben, und ich halte sein Reich unter meinen Händen. Schicke mir verläßliche Boten. Gern will ich dir von des Vaters Schätzen ablassen, was dir gefällt.«

Sofort sandte Chlodwig seine beiden Boten wieder nach Köln mit dem Bescheid: »Ich danke für deinen guten Willen. Aber man soll die Waisen beschützen, nicht berauben. Du sollst meinen Leuten, wenn sie kommen, nur alles *zeigen*. Ungeteilt soll alles einem Herrn gehören.«

So viel Enthaltung bewundernd, sprach Chloderich zu den beiden: »Wohlan, so kommt mit in die Schatzkammer.« Und er wies ihnen den ganzen Hort, bestehend aus erlesenen Waffen, Schmuck, Gerät und Geschirr aus Gold und Silber und kostbaren Gewändern, die an den Wänden hingen. Mit gierig funkelnden Augen sprach da Gero: »Wohl, wohl! Das alles ist eines echten, mächtigen Königs würdig.«

»Aber«, fuhr Frecho fort, »dein Vater hatte doch auch – so erfuhr unser Herr – eine gewaltig tiefe Truhe, von unten bis oben mit Goldstücken gefüllt. Wo ist die?«

»Da hinten, hinter dem Vorhang, kommt her.«

Und er öffnete den schweren erzbeschlagenen Deckel einer halb mannshohen Truhe. »Die schwersten Goldstücke liegen ganz am Grund.«

»Ei, hole doch von diesen ein paar herauf«, bat Gero.

»Nur eines!« sagte Frecho bescheiden.

»Gern«, erwiderte der König, beugte sich weit vor, das Haupt in die Truhe vorreckend und mit dem rechten Arm nach dem Boden tastend.

Da fiel sein Kopf in die Truhe, so daß sie voller Blut war.

Denn Gero hatte die Francisca erhoben und ihm mit einem Streich das Haupt vom Rumpf geschlagen.

Frecho warf den Rumpf hinterher und schloß sorgfältig den Deckel.

Unentdeckt gelangten die Boten aus dem Palast, aus der Stadt und aus dem Uferfrankenland zu Chlodwig, der ihnen einstweilen mit einer kleinen Schar bis Tongern entgegengezogen war, ihren Bescheid erwartend.

Chlodwig lobte, beschenkte sie und gewährte ihnen die Freiheit durch »Schatzwurf«, das heißt, er schlug jedem eine Münze, die er als Loskaufpreis hinhielt, aus der offenen Hand.

Sofort erschien er urplötzlich in Köln, wo die Ripuarier, führerlos und bestürzt, ihn gern aufnahmen.

Er berief aus all ihren Gauen eine Volks- und Heeresversammlung vor die Tore der Stadt und sprach: »Hört, was geschehen ist, sofern ihr es noch nicht deutlich vernommen habt. Während ich friedlich in Paris saß und meine Gaue beglückte, redete Chloderich seinem Vater unablässig vor, ich trachte ihm nach dem Leben. Ängstlich wich der alte Mann – vor mir – über den Rhein und verbarg sich in dem Wald der Chatten. Da sandte der Sohn zwei Schächer über ihn, die ihn in jener Einsamkeit töteten. Chloderich selbst aber wurde, da er des Vaters Schätze auftat, von einem Rächer des Alten getötet. Ich – wie ihr wißt – bin an all dem unschuldig. Denn ich werde doch nicht das Blut meiner Sippen vergießen! Das wäre ja Frevel! Nun seid ihr ohne Schützer und König. Zwar leben zwei Söhne Chloderichs, allein das sind wehrunfähige Knäblein von zehn und acht Jahren. Die können euch nicht schützen, die müssen selbst beschützt werden. Wohlan, ich meine, wir empfehlen sie dem stärksten Schutz: dem Gottes und der heiligen Kirche, indem wir ihnen die langen Königshaare scheren und sie in mein Kloster zu Micy schicken, das besonders zu solchen Zwecken von mir – ohne Zweifel auf Antrieb der Heiligen – gegründet scheint.

Und da die Dinge nun – leider – einmal so gekommen sind, will ich euch was vorschlagen, falls es euch genehm ist: Wendet euch zu mir, und lebt fortab unter meinem Schutz. Ihr habt gesehen, daß ich sieghaft bin und stark. Die Gaue, die ich neu gewonnen habe, sind hochzufrieden. Alle Franken, ihr ausgenommen, stehen unter meinem Schild. Wollt ihr allein euch ausschließen? Kommt auch zu uns anderen! Dann sind wir stärker als all unsere Nachbarn und können, sie bekriegend, Ruhm und reiche, sehr reiche Beute gewinnen.«

Nachdem die Uferfranken dies angehört hatten, schlugen sie freudig die Waffen zusammen, hoben ihn auf einen Schild und trugen ihn umher mit dem Jubelruf: »Heil Chlodwig, dem König aller Franken!«

»Denn«, fährt der gutmütige und fromme Bischof Gregor von Tours, der uns etwa sechzig Jahre später diese Dinge erzählt hat, fort, »denn Gott warf Tag um Tag Chlodwigs Feinde unter dessen Hand, zum Lohn dafür, daß er gerechten Herzens vor Gott wandelte und tat, was wohlgefällig war vor Gottes Augen.«

Gregor wollte gewiß nicht die Lästerung aussprechen, *solche* Taten seien wohlgefällig vor Gottes Augen, sondern er denkt an die Verdienste, die sich der König durch Annahme des rechten Glaubens und Bekämpfung der Heiden und der arianischen Ketzer erwarb. Diese wiegen in seinen Augen so schwer, daß er meint, auch Gott müsse um jener heiligen Zwecke willen die blutigen Mittel verziehen und dem frommen Eiferer für den rechten Glauben Sieg auf Sieg verliehen haben. Freilich eine seltsame Vorstellung vom lieben Gott!

Aber wenigstens die Franken, deren Könige er ermordet, deren Gaue er gewonnen hat, waren, sofern sie von den blutigen Taten erfuhren, derselben Ansicht wie Gregor: Nirgends stieß er auf Widerstand bei den Leuten der Getöteten. Im Gegenteil: Mit Freuden schlossen sie sich ihm an, vom Glanz seiner Erfolge geblendet, von dem Gefühl der rasch steigenden Frankenmacht mit Stolz erfüllt.

Tiefere Betrachtung wird die Erklärung solchen Beifalls darin finden, daß der Ruchlose klar erkannt hatte: Die Zeit war reif, überreif, danach verlangend, die Zersplitterung unter viele kleine Könige zu beenden und die Volkskraft zur Erreichung hoher Ziele einheitlich zusammenzuschließen. Dies erfaßt und gewaltig durchgeführt zu haben, zwingt uns, Chlodwig bei aller Verwerfung seiner scheußlichen Mittel als einen großen Staatsmann von weltgeschichtlicher Bedeutung anzuerkennen.

Offenbar war er sehr bald der Liebling des ganzen Volkes geworden, das ihn in früh – gleich nach seinem Tod – entstandenen Sagen feierte, auch mit einem Lächeln scherzhafte, humorreiche Geschichtlein seiner unbefangenen Ruchlosigkeit und ruchlosen Unbefangenheit und manches seiner Witzworte verbreitete. War er doch nur der echte Ausdruck, die gipfelnde Steigerung der guten und schlimmen Eigenschaften dieses Volkes selbst und seiner glänzenden, stürmischen, aufbrausenden Tapferkeit, seines raschen, leicht beweglichen Geistes, seines schlagfertigen, spielerischen Witzes und jener jedes Gewissens baren Falschheit, um deren willen die Zeitgenossen die Franken das treuloseste der Völker nannten, »gewohnt, mit Lachen die Eide zu brechen!«

Sie hatten ihre Freude an ihm.

Nachdem er nun den letzten ihm bekannten Gaukönig vernichtet und dessen Land gewonnen hatte – es waren aber noch viele andere, und meist seine Sippen –, berief er eine große Heeresversammlung aller Salier nach Paris, trat nach der Musterung in ihre Mitte und klagte laut und jämmerlich: »Ach, wehe mir Armem! Seht, rasch hinter einander hat der Himmel, haben allerlei Unfälle all meine Sippen und Nachbarkönige dahingerafft! Allein steh' ich, entblößt, ein der Zweige beraubter Stamm. Sagt, ihr Leute, wißt ihr nicht, wo sich etwa noch ein Verwandter von mir – aus königlichem Blut – verborgen hält? Verhehlt es mir nicht, erfreut mich mit der Kunde, auf daß ich ihn hierher an meinen Hof laden kann!«

Eifrig lauschte er überallhin.

»Ihr schweigt? Ihr wißt also keinen mehr? Nicht einen? Wie schade!«

So entließ er sie.

»Das sagte er aber nicht«, bemerkt der treuherzige Gregor von Tours hierzu, »aus Schmerz über den Tod jener, sondern aus arger List, um so vielleicht noch einen Verwandten ausfindig zu machen und ihn umzubringen.«

Sogar weltlich gesinnte Geistliche, wie Theoplastus und Cautinus, verwarfen die Taten ihres Beschirmers, die dessen Macht erhöhten, nicht ganz.

Zur Kenntnis der frommen Frauen im Palast, der Königin und Genovefas, drang nur das allerwenigste, und dies wenige undeutlich, verschleiert. Vor Remigius zu Reims, vor allen und ähnlich würdigen Bischöfen hielt der Schlaue jede verdächtige Spur verborgen. Die paar nicht zu verschweigenden Taten auflodernder Hitze des Zorns gegen die offen erschlagenen Opfer rechnete Hrothehild ihm wie die ganze Zeit über nicht allzu hart an. Immerhin riet sie dem Gemahl, Remigius einmal gründlich zu beichten.

»Was denn? Was denn?« erwiderte der. »Daß er mich etwa exkommuniziert? Der ist's gleich imstande! Ist ja dumm! Hab' so viel Mühe gehabt, bis ich hineinkam in die Kirche – jetzt laß ich mich nicht wieder hinaussperren. Muß denn gebeichtet werden, geh' ich zu Cautinus, der tut's billiger mit der Buße.«

XXX

Ohne viel Mühe und in kurzer Zeit hatte Chlodwig die neu erworbenen Länder, selbst die Alemannen, so fest an sich geknüpft, daß er alsbald einen langgehegten großen Plan in die Tat umsetzen konnte: den umfassendsten seit dem Tag an der Lauter.

Aber schlau berechnend, wie er bei allem tapfersten Wagemut war, unterließ er es doch nicht, für ein Unternehmen, bei dem er ziemlich wahrscheinlich auf die mächtigste Macht jener Zeit im Abendland stoßen mußte, Bundesgenossen zu werben.

»Was ist mit dir, Chlodwig?« forschte Frau Hrothehild eines Nachts, da wiederholt sein unruhiges Umherwerfen auf dem Lager und tiefe Seufzer, schwere Atemzüge sie geweckt hatten. »Fehlt dir etwas, Chlodwig?«

»Ja!« kam die zögernde Antwort.

Erschrocken richtete sie sich auf, um aus Stein und Stahl Funken zu schlagen, die Ampel zu entzünden.

»Laß nur!« mahnte er lachend. »Es muß noch im Dunkeln bleiben.«

»Sprich, was fehlt dir?«

»Gallien, von der Loire bis an die Pyrenäen!« »Nun, wenn's weiter nichts ist«, sagte die Königin und legte beruhigt das Haupt wieder auf das Kissen.

»Oho! Was denn? Das ist sehr viel!«

»Aber es schmerzt nicht.«

»Doch, bitter, heiß! Es verzehrt mich. Nun horch auf, der Schlaf ist doch verscheucht. Und du bist, klugfrommes und frommkluges Hrothehildelein (wie du das nur so fein verbinden kannst? Bist eben ein Weib!), du bist doch meine beste Beraterin und meine einzige Vertraute.« »Woraus nicht folgt«, dachte er lächelnd, »daß sie gerade alles von Gerolein und Frecholein und von schön Wintrud wissen muß!« »Also, vernimm nun meine Wünsche, Schmerzen und Heilmittel. Es ist ja ein kläglich schmales Land, über das ich herrsche.«

»Nun, von der Loire bis an den Zürichsee und von der Waal bis an die Quellen des Rheins!«

»Ah, ich ersticke, wie in einem zu engen Gewand. Burgund muß ich haben und ganz Westgotien diesseits der Pyrenäen.«

Erschrocken fuhr die Königin wieder auf. »Soll ich nicht doch lieber Licht machen? Und Alexandros rufen lassen, den frommen Arzt?«

»Was denn? Du meinst, ich red' im Fieber? O nein. Wer nicht nimmt, was er nehmen kann, ist … ist ja dumm!«

»Aber das Nehmen wird diesmal nicht leicht sein. Denn hinter Gundobad und Alarich steht –«

»Was denn?« rief der Ehegatte verärgert. »Weiß schon! Der große Held, vor dem sich alle bücken –

und ich mich auch noch – eine Zeitlang. ›Der weise Friedenskönig zu Ravenna!‹ Ah, wie ich sie hasse, diese Redewendung! Wie«, flüsterte er, als ob ihn hier sogar ein Späher hören könne, »wenn er nur deshalb so friedlich ist, weil er spürt, daß es weise ist, friedlich zu sein, wenn man nicht so stark ist, wie man scheint? Aber das ist eben das, was ich noch nicht weiß: Wie stark ist er? Aus eurem dicken, heiligen Buch hast du mir manchmal was vorgelesen ... (wieder einmal! Ich wunderte mich oft – vor meiner Erleuchtung –, wie lang du's aushieltst! Länger als ich das Zuhören!) … von einem Riesen mit tönernen Füßen: Ei, wann? Herr Theoderich …

Nun, das müssen wir eben erproben, aber ohne über der Probe zugrunde zu gehen.

Also allein konnte ich's deshalb weder gegen die Burgunden noch gegen die Westgoten wagen. Einen dieser Könige mußte ich dafür gewinnen, mir gegen den anderen zu helfen. Und ich *habe* einen gewonnen.«

»Das erste, was ich höre.«

»Ja, liebe Frau Reichskanzlerin – du bist es mehr als mein alter Leontius! –, ein *paar* Sachen muß ich doch früher wissen als du.«

»Nun, wen hast du betört … gewonnen, wollt' ich sagen.«

Chlodwig schmunzelte. »Ist dasselbe. Den Burgunden, deinen lieben Oheim Gundobad.«

»Wie, meinen Feind? Den du bekämpft hast?«

Er zuckte die Achseln. »Könige bekämpfen sich, Könige verbinden sich, wie sie der Vorteil treibt. Oder doch das, was sie dafür halten. Nun höre. Ich mußte feststellen, welcher von den beiden der leichter zu bezwingende Feind, welcher der wertvollere Verbündete ist. Da fügte sich's glücklich, daß einer der beiden mich selbst zu sich einlud ...«

»Der Westgote.« Die Gattin nickte.

»Ja, Alarich, des großen Eurich kleiner Sohn. Daß er das ist, bewies schon jene Einladung. Er erbat meinen Besuch gar demütig, offenbar aus eitler Furcht vor meiner so rasch emporschießenden Macht. Er wollte mich an sich ziehen. Der Tag, den ich mit ihm auf jener Loireinsel bei Amboise, die den Namen des heiligen Johannes trägt, schmausend und trinkend verbrachte, genügte mir vollauf, um die Schwäche, die Verzagtheit des Mannes zu durchschauen. Wir schieden unter den Beteuerungen von Frieden und Freundschaft. Aber ich hatte schon zwei Stunden vorher beschlossen, ihn zu verderben. Noch auf der Rückreise hierher begann ich geheime Verhandlungen durch vertraute Boten mit Gundobad. Es gelang – nicht eben leicht, denn er ist so klug wie falsch –, ihn zu überzeugen, sein Vorteil liege darin, mit mir gemeinschaftliche Sache zu machen. Ich versprach, alles den Goten abgenommene Gebiet je zur Hälfte mit ihm zu teilen – und wie reich sind jene üppigen Länder von der Loire bis an die Rhone und beide Meere und die Städte Orleans, Tours, Poitiers, Clermont, Limoges, dann Bordeaux, die Perle der Garonne, und gegen die Pyrenäen hin Agen, Cahors, Toulouse, Arles, Nimes, Marseille! Ei, ich kann nicht mehr einschlafen, sag' ich mir all die Namen vor. Und unablässig muß ich sie mir vorsagen! Den Burgunden aber, scheint es, zwingt derselbe Zwang der Begier. Der Tor! Als ob ich jemals halbe Arbeit täte! Als ob nicht der »Weise zu Ravenna« ganz recht darin hätte, allen meinen Nachbarn das Zusammenstehen gegen mich zu raten. Sobald ich Alarich mit Gundobads Hilfe niedergeworfen habe, kommt der Burgunde an die Reihe! Werd' ihm die Hälfte der Beute lassen! Hei, sein eigenes Land nehm' ich dazu.

Nach mehreren Botensendungen trafen wir uns zuletzt –«

»Ei sieh! Alles hinter meinem Rücken. Wo, wenn ich nun fragen darf?«

»Gewiß, darfst du – jetzt – fragen. Und ich werde sogar antworten. Die Wahrheit noch dazu! Es war in Auxerre.«

»O du Schlimmer! Und du gabst vor, du wollest dort Füchse jagen!«

»Was denn? War ja wahr! Den schlausten alten Brandfuchs fing ich mir dort ein.«

»Ich liebe dich, mein Chlodwig, wegen deines kühnen, großen Plans. Allein verlangt nicht die Treue …«

»Was denn? Ist ja dumm! Du solltest vollends fleißig beten, daß mir alles gelinge. Sind ja schnöde, verruchte Ketzer, Arianer, diese Goten, die dem Herrn Christus nicht die gebührende Ehre erweisen, die Verruchten. Ich will sie –«

»Aber, Chlodwig, deine Helfer, die Burgunden, sind ja auch Arianer!«

»Was denn? Ja so! Daran hab' ich noch gar nicht gedacht. Aber, siehst du, wie recht ich habe?

Nach den Goten kommen auch die daran. Ich kämpfe für den rechten Glauben! Das muß selbst dem nahezu schon heiligen Remigius einleuchten und gefallen.«

»Jedoch«, sagte die Königin bedenksam, »werdet ihr Verbündeten auch mit Alarich fertig …«

»Ich zweifle keinen Augenblick daran. Ei, ging's doch morgen schon in die Schlacht. Mich juckt der rechte Arm!«

»Dann habt ihr's zu tun …«

»Mit dem verfluchten Tugendschwätzer zu Ravenna und seinen ungezählten Tausendschaften.«

»Gewiß, der Herr Christus wird dir auch gegen diesen dritten Arianer beistehen. Indessen ...«

»Du hast ganz recht! Darauf allein soll man sich nicht verlassen. Beten, ohne zu fechten, ist fromm, aber frommt nicht. Deshalb – aber das ist von allen Geheimnissen dieser Nachtstunde das geheimste! –, deshalb hab' ich mir, falls der Ostgote losschlägt, gegen diesen Feind schon einen anderen Verbündeten gesichert. Nun rat' einmal, du kluge Königin.«

»Hm«, sagte sie überlegend, »der Vandale in Afrika kann's nicht sein. Thrasamund ist des Ostgoten Schwager, und die schöne Amalafrida ...«

»Ist eben so mächtig durch ihren Geist wie durch ihre Schönheit. Nein! So hoch fliegen deine Gedanken gar nicht, wie das Ziel liegt, das meine Staatskunst hierbei schon erreicht hat. Vernimm denn: Byzanz – Kaiser Anastasius selbst – wird mir helfen gegen Theoderich.«

»Nicht möglich! Im Auftrag, mit dem Willen von Byzanz beherrscht ja der Gote Italien.«

»Solange Byzanz es nicht ändern kann! Sobald es die Macht hat, den Vertrag zu brechen und Italien zurückzuerobern, hat es dazu den Willen und – mit der Macht – das Recht. Also: Falls Theoderich seinem Eidam Alarich zu Hilfe zieht – aber ich hoffe, mit dem fertig zu sein, bevor ein ostgotischer Helm auf den Höhen der Seealpen auftaucht –, landen drei mächtige Kriegsflotten des Kaisers, drei gewaltige Heere, bei Rom, Neapel und Ravenna, und dann wehe den Ostgoten, wenn Byzanz seine Hunnen auf sie losläßt!«

»Und du vertraust dem Wort des Kaisers?«

»Was denn? Gewiß!«

»Warum?«

»Weil es sein eigener Vorteil ist, es zu halten! Aber diese Reden haben mich so heiß erregt, mir brennt der Kopf. Es dämmert auch schon leise im Osten. Heraus aus den Decken! Ich eile in den Hof, um mich im Speerwurf zu üben. Jeder Wurf gilt Alarich! Schlafe noch, schöne Königin, bald auch von Westgotien und Burgund.«

XXXI

Wenige Monate später wurden die Geheimnisse jener nächtlichen Zwiesprache der Gatten aller Welt kundig.

Im März hielt Chlodwig vor den Toren von Paris eine große Heerschau ab, zu der er zum ersten Mal die Aufgebote all seiner Landschaften – auch der Alemannen rechts vom Rhein – berufen hatte.

Die Aufbieter hatten jedem Heermann eingeschärft, die besten Waffen, die vollste Rüstung mitzuführen, denn es gehe sofort aus dem Märzfeld in den Krieg, in einen reichste Beute verheißenden, in herrlichen Ländern. Daher brauchten sie keine Verpflegung mitzubringen. Die würden sie reichlich und üppig in Feindes Land finden, das ihnen zur Plünderung überlassen sei.

Lockten nun solche Aussichten alle Germanen im Reich, die nicht minder nach Beute als nach Kampf und Ruhm begehrten, so wurde den Christen unter ihnen und den Römern angedeutet, der Krieg werde ein frommes, gottwohlgefälliges Werk sein, denn er gelte schlimmen Ketzern. Welchen, wurde noch nicht verraten. Aber Burgund und Westgotien waren gleich verlockend wie gleich ketzerisch.

So strömten denn die Zehntausende, die nun bereits das Heer des einst so kleinen Gaukönigs von

Tournay zählte, von den Ufern der Schweizer Seen, vom Bodensee, von der schwäbischen Alb, vom Neckar, vom Rhein, von Straßburg und Metz, von Reims im Osten, die Kelten aus der Bretagne im Norden, die Chamaven, die Bataver, die Thoringe von Maas, Schelde, Waal, Assel und den Rheinmündungen in ihren besten Waffen und mit freudigster Kriegsstimmung auf dem weiten Blachfeld im Norden der Seinestadt zusammen.

Prachtvoll war der Anblick, als der König, in glänzender Waffenrüstung, auf feurigem Roß, im strahlenden Frühlingssonnenschein an den mannigfaltigen, in Bewaffnung und Tracht, Gestalt und Gesichtsbildung so verschiedenen Reihen vorübersprengte. Hinter ihm trug Guntbert den Gunfanon, die alte scharlachrote Merowingenfahne. Die heidnischen Wölfe und den Adler Wodans hatte Chlodwig trotz aller Bitten seiner Königin nicht daraus entfernt. Sie mußte sich damit bescheiden, daß an Stelle der Speeresspitze des Schaftes ein großes Kreuz trat.

Der König war in bester Stimmung. Noch nie hatte er auf einer Märzschau Waffen und Ausrüstung aller Heermänner so warm, so ausnahmslos gelobt.

Nachdem er nun auch die letzten Scharen – die bunten Clane der Kelten aus der Bretagne – gemustert hatte, ließ er alle Versammelten einen Kreis bilden, und in dessen Mitte, auf dem hohen Kriegshengst, für alle sichtbar und vernehmbar, rief er ihnen zu: »Hört mich, ihr Männer: tapfere Franken, trotzige Alemannen, kluge Römer, scharfe Bretonen! Hört mich alle, ob ihr an Christus glaubt oder Wodan und Tius opfert oder dem Theutates die heilige Mistel schneidet. Ich rufe euch zu Kampf, zu Sieg und Beute. Allzulang haben äußere Feinde sie nicht mehr verspürt, die Schneide unserer Waffen. Unerträglich ist es, daß starke Männer auf rauhem, schlechtem Boden, unter kaltem Himmel sitzen, karger Scholle mit harter Arbeit karge Frucht abringend, indessen Weichlinge mühelos auf herrlichen Gefilden schwelgen, wo der Ölbaum sprießt und die Rebe nickt. Und unerträglich ist es für uns zumal, ihr meine katholischen Glaubensbrüder, daß diese Bevorzugten, die den schönsten Teil dieses Landes Gallien eignen, schnöde Ketzer sind. Wohlauf, meine Schildgesellen, ziehen wir aus, schlagen wir die verfluchten Westgoten und nehmen wir ihnen mit unseren Freunden, den feurigen Burgunden, ihr Land und ihr Gold.«

Brausender Jubel des Heeres war die Antwort. Die Germanen schlugen die Waffen an die Schilde. Da erschien plötzlich hoch auf einem reichgeschmückten Wagen, der bisher im Hof einer königlichen Villa zurückgehalten worden war, die ehrwürdige Gestalt des Remigius', seine geistlichen Begleiter überragend, im reichen bischöflichen Ornat. Er hob in der Rechten den gebogenen Bischofsstab über die Häupter der Christen, die sich bei seinem Anblick auf die Knie warfen, streckte die linke Hand über sie aus, segnete ihre Waffen und sprach: »Zieht aus, ihr frommen Franken, des Himmels erstgewonnene Söhne unter dem blonden Volk der Germanen! Zieht aus im Dienst der heiligen Kirche, deren Lieblinge ihr vor allen Völkern geworden seid. Ihre Fürbitte sichert euch den nächsten Platz, den ersten Rang – das Prestigium! – vor allen an Gottes Thron. Zieht aus zum heiligen Kampf gegen die Ketzer. Der Herr ist mit euch und, ich weissage es, vom Geist erfüllt der sichere Sieg!«

XXXII

Der Ehrwürdige schien richtig geweissagt zu haben.

Von dem Märzfeld aus brach das Heer Chlodwigs sofort auf und zog gen Süden zur Loire, von Norden her das Gebiet Alarichs bedrohend, während Gundobad mit seinen Burgunden den Goten von Osten aus durch die gebirgige Landschaft der Auvergne in die rechte Flanke fiel.

Diesem Doppelangriff fühlte sich Alarich nicht gewachsen. Er war völlig unvorbereitet – traute er doch Chlodwigs Freundschaftsworten von Amboise! – und schlecht gerüstet. Es fehlte an Geld, er mußte zu Münzverschlechterung, zu Zwangsanleihen greifen. Er nötigte auch die Katholiken gegen ihren Willen zum Kriegsdienst gegen die Vorkämpfer ihres Glaubens!

Während seine eilenden Boten über die Alpen flogen, um die Hilfe Theoderichs anzurufen, versuchten seine beiden Königen entgegengeschickten Gesandten, die Angreifer, die ohne jede Kriegserklärung losgeschlagen hatten, durch Vorstellungen, durch Verhandlungen aufzuhalten.

Vergeblich!

Chlodwig lachte. »Ich tu' euch nichts zuleide, ihr Herren, aber kehrt um. Kommt mit! Jedoch sorgt für gute Pferde, sonst sind wir lange vor euch bei eurem König.«

Diesen raschen Stößen bog Alarich aus. Zur schweren Verstimmung seiner Goten gab er, nach Westen zurückweichend, alles Land bis Poitiers den Feinden preis. Hier, im Innern seines Reiches, der sehnlich erwarteten Hilfe der Ostgoten näher, wollte er Verstärkungen heranziehen und in der gewaltigen Veste Poitiers die Angreifer hinhaltend abwehren, entschlossen, sich ohne die Ostgoten auf keine offene Feldschlacht einzulassen.

Aber einstweilen wirkte zu seinem Verderben die religiöse Färbung, die Chlodwig – übrigens ohne Heuchelei – diesem Kriege zu geben verstanden hatte. Er führte ihn als einen heiligen Krieg, als einen Kreuzzug des rechten Glaubens gegen die Ketzer. Den Heiden in seinem Heer war das gleichgültig, ja, manche von ihnen wurden von den wunderbaren Erfolgen ihres christlichen Königs selbst zu seinem Glauben herübergezogen.

*

Etwa einen Tagesmarsch nördlich von Poitiers lagerte eines Abends das Frankenheer. Am anderen Morgen sollte die Stadt erreicht und eingeschlossen werden. Man mußte sich auf eine langwierige

Belagerung gefaßt machen. Vor dem Zelt, in dem Guntbert die Wodanfahne mit dem Kreuz untergebracht hatte, lagen zwei Männer auf dem weichen Rasen hingestreckt, aber ihre Waffen bereit zur Hand – denn sie sollten das doppelt geweihte Feldzeichen bewachen –, auf einem Schemel stand zwischen ihnen ein hoher eherner Henkelkrug dunkelroten Weines, den sie in vollen Zügen tranken.

Der eine hob das Gefäß gen Himmel und sprach: »Hör's, Wodan, das trink' ich dir um Sieg!« Und er trank und wischte den bärtigen Mund.

»Höre, Geremarlein«, sprach der andere, »ich meine nachgerade, wir sollten einem anderen zutrinken, wollen wir des Sieges sicher sein.«

»Einem anderen? Tius? Den laß du nur den Alemannen.«

»Nicht doch! Ich meine dem neuen Gott unseres Königs, dem Herrn Christus.«

»Wie, Frecholein? Was sprichst du da? Warum?«

»Ei, weil es mit Händen zu greifen ist, daß der neue Gott stärker ist als der alte. Ich rede nicht mehr von der Lauterschlacht – obwohl ich dort schon unter dem Hengst des hünenhaften Königs lag und nur durch Chlodwigs Speerwurf, den ihm Herr Christus selbst geschickt in jene Gurgel lenkte, gerettet wurde –, ich will nur von dem sprechen, was wir alles in diesen Wochen staunend selbst mit Augen gesehen haben.«

»Ja, es ist wahr! Seine Heiligen haben unserem Herrn sichtbar alle Wege gebahnt durch ihre Wunder! Nun, er hat sie wohl auch verdient durch seine Gunst und Gaben! Im Gebiet von Tours – zu Ehren des Halbgottes, den sie dort anbeten … wie heißt er doch?«

»Sankt Martinus. Ist aber kein Halbgott, nur so ein – nun, sagen wir ein Viertelgott! Und sie beten ihn nicht an, sie verehren ihn nur.«

»Schau, du bist ja schon ein halber Diakon, so fein verstehst du dich auf diese feinen Sachen!«

»Nun, da durften wir nicht wie sonst in Feindesland heeren, plündern und brennen nach Herzenslust, sondern nur Futter für die Gäule nehmen.«

»Und auf dem ganzen Zug mußten wir alle Kirchen und ihre Güter – sind viele – und alle Geistlichen schonen.«

»Und gute Weissagung soll dem König in Tours geworden sein! Wie war das doch? Du hast ja die Bischöfe aus unserem Lager dorthin begleitet.«

»Ja, er war von ihnen angewiesen worden, wohl darauf zu achten, was in der Basilika Sankt Martinus gerade in dem Augenblick gesungen werde, da seine Gesandten die reichen Geschenke auf den Hauptaltar legen würden.«

»Nun, und?«

»Es wurde gesungen – so hat mir's einer der Priester übersetzt – ›Du, Gott, hast mich gerüstet mit Stärke zum Streit und wirst unter mich werfen, die sich wider mich stellen. Du wirfst meine Feinde in die Flucht vor mir, daß ich meine Hasser verderbe.‹«

»Hm, das ist ein guter Anfang«, sagte Frecho und tat einen tiefen Zug.

»Aber ich will dir« – Gero lachte pfiffig – »verraten, wer dieses Wunder bewirkt hat.«

»Nun, Sankt Martinus, ohne Zweifel.«

»Nein! Ein ganz anderer: der schwarze Priester.«

»Cautinus? Der? Wieso?«

»Als die Geistlichen fort waren, erbat er sich heimlich gegen reichen Lohn von mir das raschste Roß, ritt auf näherem Weg, von einem Turoner geführt, durch die Wälder voraus und verkündete Bischof Licinius die Stunde, wann Chlodwigs Boten in der Basilika ankommen würden.«

Frecho stutzte. »Das wäre ... Aber andere Wunder kannst du nicht abstreiten. Ein Haufe Heiden – wilde Alemannen von Arbon – vergriffen sich – trotz des königlichen Banngebotes – an dem Kloster des frommen Abtes Maxentius an dem Seurefluß. Sie raubten die heiligen Geräte vom Altar, der Abt läuft hinzu, um abzuwehren, da schwingt der Führer das Schwert gegen sein Haupt. Der Mönch hebt beschwörend den Zeigefinger der rechten Hand. Regungslos und unbeweglich bleibt der erhobene Schwertarm in der Luft. Der König eilt auf die Nachricht hin erschrocken herbei, wirft sich dem christlichen Zauberer zu Füßen und erfleht Verzeihung. Da bekreuzigt der den Alemannen, er berührt den Arm, das Schwert entfällt jenem, er sinkt zu Boden und bittet um die Taufe, er und das ganze grimme Rudel. Hätt' ich das mit angesehen, ich glaube, ich hätt' es ebenso gemacht. Der König aber schenkte dem Kloster zur Sühne ein ganzes Landgut, die reiche Villa Milo.«

»Ei!« Gero lachte. »Der Heilige machte ein gutes Geschäft: Für einen nicht empfangenen Hieb und ein Kreuzschlagen viele Hufen Landes.«

»Ja«, erwiderte Frecho, »auf das Geschäft verstehen sich die Heiligen. Und das gerade gefällt mir an ihnen. Darum möchte' ich mich an sie halten. Sie wissen nicht nur im Himmel, sondern auch auf Erden trefflich Bescheid. Sind kluge Handelsleute! So meinte jüngst auch unser Herr bei einem anderen großen Wunder. Als er neulich mit der Vorhut an die Vienne kam, hatte das Flüßchen, durch einen Wolkenbruch wild angeschwollen, die Brücke fortgerissen und strömte tief und reißend dahin. Fußvolk und Reiter, die durchschwimmen wollten, ertranken in den schäumenden Strudeln. In ratloser Verlegenheit wurde das Heer stundenlang aufgehalten. Endlich rief der König in die noch immer gießenden Wolken hinauf: ›Heiliger Martinus, schaff Hilfe und Rat, und ich schenke deinem Kloster zu Tours das kostbare Roß, das ich jetzt reite.‹

Sofort zerteilte sich das Gewölk, die Sonne lachte auf uns nieder, und sieh, aus dem nahen Wald trabte eine weiße Hinde, von unseren Hörnern aufgescheucht, auf den Fluß zu, setzte hinein und schritt – ohne schwimmen zu müssen – auf das andere Ufer.

Sankt Martin hatte uns durch sein ihm geweihtes Tier eine Furt gewiesen. Mit freudigem Jubel folgte der König und sein ganzes Heer dem vom Himmel gesendeten Wegweiser. Drüben angelangt, reute nun aber den Herrn König sein Versprechen, denn das Tier war ihm wert und vertraut wie kein anderes. Er sprach also zu dem Herrn Bischof Licinius, der in unser Lager übergegangen war und neben ihm ritt: ›Herr Bischof, was ist denn deinem Kloster der edle Gaul nütze? Ich lös' ihn mit Gold.‹

›Wird nicht angehen, mein Sohn‹, sagte der fromme Herr kopfschüttelnd. ›Sankt Martinus läßt nicht los, was ihm gelobt ist.‹

Als aber der Herr König bat und bat, erwiderte endlich der Bischof: ›Nun wohlan, auf daß du die Güte des Heiligen erkennst – er will verstatten, daß du das Tier löst – doppelt kostbar, weil es dich so lange tragen durfte! – mit tausend Solidi.‹

Seufzend willigte der König ein und sprach: ›Sankt Martinus ist gut in der Not, aber teuer beim Handel.‹«

»So teuer ist Wodan nicht – ich bleib' ihm treu«, sprach Gero, abermals trinkend. Ihm wie dem anderen war schon die Zunge schwer von dem vielen, ungemischt getrunkenen Wein. »Ich glaube, ich weiß viel besser, woher es kommt, daß Glück und Sieg unseren Herrn so treu begleiten wie Wodan seine beiden Raben.«

»Nun, woher meinst du?« forschte Frecho.

»Nicht von den Heiligen im Christenhimmel wahrlich!«

»Sondern? Woher?«

»Ei, man raunt allerlei im Volk der Franken, in meiner Heimat an der Westerschelde.«

»Was sagt man dort?«

»Chlodwig sei gar nicht König Childerichs Sohn!«

»Du, hüte deinen Kopf. Frau Basina ist –«

»Ganz unschuldig daran!«

»Höre, das ist ...«

»Kein Rätsel. Sie lustwandelte einmal allein auf der einsamen Düne im heißen Mittagssonnenschein. Wie in blauem Traum und Zauber lag das Meer. Da stieg ein Meerwicht aus der tiefen See und bezwang die schöne Frau. Der Sohn dieser Stunde ist unser Herr. Darum helfen ihm die alten Götter. Und ich … ich hab's gesehen.«

»Was hast du gesehen?«

»Daß es wahr ist, was die Leute flüstern. Neulich sah ich ihn baden, schwimmen in der Seine. Er hat wirklich rote, borstenartige Haare, ein ganzes Büschel, auf Nacken und Rücken. Das ist sein Erbe von dem borstigen Meerwicht. Ich bleibe bei den alten Göttern, sie sind auch stark. Und dann«, sagte er lallend, »wir haben doch allerlei getan, was, mein' ich, dem Herrn Christus, den die Seinen als gar so brav und streng loben, nicht ganz gefallen hat. Weißt du noch, wie wir aus dem Wald jene zwei Pfeile auf Rignomer –«

»Pah, gut geschossen war's«, rühmte der andere. »Reich den Wein herüber!«

Da schob sich ein behelmtes Haupt, das, unbemerkt aus dem Zelt herausgestreckt, die Reden beider schon eine geraume Zeitlang mit angehört hatte, noch aufmerksamer lauschend hervor.

»Hei, das hat der Herr König zu verantworten, der's befohlen hat.«

Der Behelmte zuckte zusammen.

»Ja, unser Herr König! Der hat ein gutes Gewissen. So eins möcht' ich auch haben.«

»Na höre –«

»Freilich. Ein so gutes, geduldiges, unbissiges Gewissen! Er mag tun, was er will: Es beißt ihn nie.«

»Und die zwei anderen Pfeile! Wie grausig blutrot wurde das weiße Haar des alten Königs!«

»Auch das« – der andere lachte – »hat nicht nur sein Sohn Chloderich, sondern hat auch wieder der König zu verantworten. Er zahlte mehr dafür als der Sohn. Und mich freute es, wie ich – auf unseres Herrn Geheiß – dem mörderischen Sohn den Kopf herunter in die Truhe schlug.«

»Ah«, stöhnte es hinter ihnen.

Beide Zecher fuhren herum. Aber sie sahen niemanden, nur der Zeltvorhang wehte leise im Wind.

XXXIII

Am anderen Morgen – ganz früh – stand Guntbert in dem Zelt Chlodwigs, der, heiß erregt, mit kleinen hastigen Schritten auf und nieder ging, vermeidend, den Freund anzusehen.

»Was denn! Was denn! Ist ja dumm!« sprach er. »Zwei Schurken! Besoffen, wie du selbst sagst.«

»Nicht doch! Ich sagte nur: vom Wein gesprächig gemacht. Solche Sachen erfindet der Rausch nicht, er plaudert sie nur aus. Füge doch nicht – ein König – zum feigen Mord die feige Lüge.«

Guntbert!« schrie der Merowinger, und die Hand fuhr ihm ans Schwert.

»Es ist hart, daß ich Basinas Sohn, der hehren Frau, das sagen muß. Mit ihr schied dein guter Folgegeist von dir.«

»Sie ging ja selbst.«

»Ja, sie ging, um nicht zu sehen, wie du die alten Götter verleugnest und die alte Treue. Und später – wie oft schon wollte sie, kamen immer neue Kunden von deinem Fortschreiten zu dem neuen Glauben hin und in neuen Freveln, warnend, mahnend, strafend zu dir eilen …«

»Ei, warum kam sie nicht?« Ein häßlich höhnendes Lächeln spielte um die schmalen Lippen.

»Spare den Spott«, zürnte Guntbert, »schlecht steht er dem Sohn, der die Mutter gefangenhält.«

»Gefangen? Sie mag sich frei ergehen in dem meilenlangen Wodanshain.«

»Ja, aber an den drei Ausgängen der Umhegung stehen Tag und Nacht deine Wächter, die sie nicht heraustreten lassen. Längst hätt' ich sie mit Gewalt befreit …«

»Hüte dich, Freundchen!« zischte der Merowinger ihn an, das rotlockige Haupt zurückwerfend, »Gewalt wider Königsbann kostet die Schwerthand, auch die tapferste.«

»Doch sie verbot es. Schon lange mußte ich dir Groll tragen, um der Götter und um der Mutter willen. Aber nun, da ich dich mit Mordblut besudelt sehe – nun wend' ich mich für immer von dir ab. Ich bereue bitter, daß ich Blutsbrüderschaft mit dir geschlossen habe. Sieh her, so stoß' ich jeden Tropfen deines Blutes, der in meine Adern drang, mit Abscheu aus«. Er riß den Dolch heraus und ritzte den nackten linken Arm auf. Hoch spritzte das Blut heraus.

»Ah, du Keckling!« schrie Chlodwig. »Das deinem König?«

»Einem Gott tät' ich's, wär' er ein Mörder. Ich gehe. Du siehst mein Antlitz niemals wieder!«

»Hoho! Was denn?« schrie Chlodwig heiser und versperrte ihm mit einem katzenhaften Sprung den Weg zum Ausgang. »Du bleibst und dienst dem König, deinem Herrn, in dessen Heerbann, bis der Krieg zu Ende ist! Will mein Fahnenwart fahnenflüchtig werden? Ei ja, du eilst wohl lieber in Frau Bertradens weiche, weiße Arme, als – morgen schon – in der Goten harte graue Gere.«

»Du weißt, daß du jetzt wieder lügst. Wohl. Ich bleibe – ich trage deine Fahne – trotz des Kreuzes, das darüber thront – in der Goten dichtesten Haufen. Dann aber, kehr' ich lebend heim, verlass' ich mit den Meinen dein Reich und deine Herrschaft und suche die alten Götter und die alte Treue daheim in Thüringen.«

Traurig und stolz schritt er hinaus.

»Was denn? Ist ja dumm!« grollte Chlodwig ihm nach. »Ah, der Zungenfreche!« Er drohte ihm nach mit geballter Faust. Dann warf er sich unwirsch auf das Pfühl und preßte die Linke auf die Brust. »Wie das hämmert da drin, das törichte Herz. Es tut weh, tief weh da drinnen! Wie kann ich nur so dumm sein! Aber es schmerzt, daß ich ihn verliere. Bah, das ist nur die Macht alter, langer Gewohnheit! Aber doch: War was wert in seiner Kraft und Treue. Den beiden Schützen lass' ich die Schwatzzungen ausreißen! Aber nein, dann verlier' ich auch die! Und ich kann sie noch brauchen müssen. Ich lasse sie geißeln bis auf's Blut. Dann mögen sie wieder für mich traben und beißen, meine Wölflein!«

XXXIV

Am anderen Tag, als das Heer der frommen Franken nach eingebrochener Dunkelheit vor den Mauern von Poitiers erschien, wurde es wieder von einem Wunderzeichen der Heiligen begrüßt.

Sobald die vordersten Reiter von der Stadt aus sichtbar wurden, flammte auf dem Turm der Basilika des heiligen Hilarius', des Schutzherrn der Stadt, plötzlich eine Feuersäule auf, den befreienden Merowingern bewillkommnend zu empfangen. Es war die bischöfliche Hauptkirche.

Am Morgen darauf erbat und erhielt Bischof Theodor vom Gotenkönig die Erlaubnis, in das Lager der Franken zu gehen, um den Frieden zu vermitteln.

Vor Chlodwig gebracht, forderte er diesen auf, rasch anzugreifen, bevor die Ostgoten einträfen.

»Schönen Dank, ehrwürdiger Herr Bischof«, sprach Chlodwig erfreut, »für den guten Rat. Ei, wenn du so gesinnt bist, bleibe doch bei uns im Lager, bis ich dich in die eroberte Stadt zurückführe.«

»Ich meine, mein Herr und König« – der Priester lächelte – »ich kann dir während der Belagerung viel mehr in der Stadt als vor der Stadt nützen.«

Chlodwig blies vor sich hin. »Puh! Vortrefflich! Bist ein feiner Kopf, das seh' ich. Werde dir manchmal diesen schlauen Cautinus hier – als Unterhändler mit den Goten – schicken. Dein gebührender Lohn – nach meinem Sieg – soll nicht ausbleiben. Geleite den Wackeren zurück an die Tore, Cautine!«

Nachdem beide das Zelt verlassen hatten, drohte Chlodwig dem Gast mit erhobenem Zeigefinger nach. »Warte nur, du falscher Patron! Du würdest mich verraten, wenn dir's taugte, wie Alarich. Warte nur! Hab' ich die Stadt, sperr' ich dich in mein Kloster Micy – war ein guter Einfall, daß ich's gründete –, und nie mehr kommst du mir heraus!«

*

Die Erschließung zog sich doch in die Länge. Chlodwig unternahm unterdessen, bis die Sturmmaschinen fertiggebaut waren, mit einer kleinen Schar die Bedrohung der benachbarten Veste Caput Tauri.

Die starken Mauern dieser Burg wichen den Axthieben nicht. Cautinus ging als Unterhändler hinein. Am anderen Tage zurückkehrend, brachte er zwar die Ablehnung des gotischen Befehlshabers, verkündete aber, Sankt Hilarius von Poitiers habe ihm in einem Traumgesicht geraten, die frommen Franken sollten mit Hörnerschall dreimal an seiner Kapelle vorbeiziehen, deren Rückwandung einen Teil der nördlichen Außenmauer bildete. Das Wunder von

Jericho werde sich zu Gunsten Chlodwigs, »des zweiten Josua«, wiederholen.

Die frommen Franken befolgten diesen Rat. Psalmodierende Geistliche, voran Weihrauchfäßlein schwingende Knaben, zogen der roten Merowingenfahne voraus, und bei dem dritten Hörnerklang stürzten die Mauern der Kapelle zusammen – merkwürdigerweise alle von innen nach außen. Der Archidiakon der Kapelle stand unversehrt in der Mauerlücke.

Ohne weiteren Widerstand zog Chlodwig ein.

Als aber Frecho auch dieses Wunder verwerten wollte, seinen Freund zu seinem neuen Glauben herüberzuziehen – noch mit einem von der Geißelung wunden Rücken war er in das Taufbecken der Kapelle gestiegen –, weigerte sich jener, indem er eine von ihm entdeckte, lockere Steinplatte aufhob und auf die Äxte und Brecheisen hindeutete, die da, mit allen Spuren frischer Arbeit, versteckt lagen.

»Ich stand heute nacht hier auf Wache« – er lachte – »und hörte stundenlang ein Hauen und Hämmern. Und übrigens: Deine Heiligen haben deinen Buckel so wenig geschützt wie meine Götter den meinen. Weißt du, was daraus folgt? Ich glaube nächstens an beide nicht!«

Chlodwig erfuhr nichts von dieser Entdeckung. Daher stieg Cautinus gewaltig in seiner guten Meinung. »Du mußt doch«, sagte er ihm mit reichen

Geschenken, »trefflich stehen mit den Heiligen. Mir ist noch keiner erschienen, ja nicht einmal dem selbst schon heiligen Remigius! Was nützt mir ein Heiliger, der keine Wunder tut, und ein Priester, dem nichts erscheint? Das nächste erledigte Bistum erhältst du, trotz Herrn Remigius und Frau Hrothehild und Jungfrau Genovefa, die dir alle gar wenig hold sind. Deinem Oheim Theoplastus hat mein neuer Freund Gundobad auf meine Verwendung hin den Stuhl zu Genf wiedergegeben. Dich aber behalt' ich in meiner Nähe. Ich bedarf gegen Remigius eines Vertreters des Glaubens, der nicht gar so himmlisch gesinnt und – für die Erde – so unbrauchbar ist.«

XXXV

Von dem eroberten Kastell in das Lager vor Poitiers zurückgekehrt, rüstete Chlodwig nun alles zu dem Sturm auf die überaus festen Werke, während seine Streifscharen, wie die Burgunden unter Gundobad, das flache Land weithin verheerten.

»Hm«, sagte er zu Ansovald nach einem prüfenden Umritt um die Mauern – Guntbert hielt sich fern –, »wird viel Blut kosten. Aber wir wollen's doch allein machen, ehe die Burgunden kommen. Dann kriegt Freund Gundobad nicht einen Stein von Poitiers.«

Doch der Sturm sollte den Franken erspart bleiben.

Gleich nach diesem Umritt kehrte Cautinus zurück, der wiederholt, um Verhandlungen mit den Belagerten über Frieden oder doch Waffenstillstand zu führen, in die Stadt gegangen war, in Wahrheit aber, um von dem Bischof allerlei über den Zustand der Veste und die Pläne der Belagerten zu erforschen.

»Herr König«, rief er, sobald er in dessen Zelt trat, »ich heische Botenlohn für wichtige, frohe Kunde!«

»Was denn?« fragte dieser. »Gold hab' ich dir schon genug geschenkt. Aber ich sah wiederholt die heißen Blicke deiner kohlschwarzen Augen so begehrlich auf den schönen, jungen, schlanken, blonden, weißarmigen Gotenmädchen ruhen, die wir in jener Veste gefangen haben. Ich will dir ein paar schenken. Suche dir zwei aus.«

»Herr König, was –«

»Was denn? Was denn? Verstell dich nicht vor mir! Ist ja dumm. Frau Hrothehild und Genovefa und Remigius – unscheidbar, wie die heilige Dreifaltigkeit – sind zum Glück für uns beide nicht allwissend wie diese.«

»Dank also«, sprach Cautinius mit funkelnden Augen. »Nun höre: In dem Heer der Goten gährt es. Empörung gegen Alarich steht bevor.«

»Vorzüglich! Aber warum?«

»Sie grollen ihm, daß er uns das Land verheeren läßt und sich in der Veste einschließt.«

»Das klügste, was er tun kann, bis die Ostgoten kommen.«

»Sie verlangen stürmisch, er solle herausbrechen und im offenen Feld kämpfen.«

»Dann ist er verloren.« Chlodwig lachte.

»Das erkennt er. Deshalb weigert er sich noch, aber bald werden sie ihn zwingen. Zumal, wenn du ein wenig nachhilfst.«

»Wie gern! Aber wie?«

»Bischof Theodor – er ist ein kluges Haupt …«

»Nur allzu klug«, sagte der König, bedeutsam nickend.

»Er rät dir, zum Schein die Belagerung aufzuheben, angeblich weil die Ostgoten heranrücken, diesen entgegen, etwa nach Vouglé, auf die vocladischen Felder. Dann wird sein Heer Alarich zwingen, dir nachzueilen, um dich zwischen den Ostgoten und seinen Scharen in die Mitte zu nehmen, zu umklammern und zu vernichten. Die Ostgoten aber sind noch jenseits der Alpen. Du machst kehrt und hast Alarich und die Seinen vor dem Schwert – außerhalb der schützenden Wälle.«

Chlodwig strahlte vor Freude. »Herrlich! Herrlich! Höre, dem Bischof bin ich Dank schuldig. Ich schenke seiner Kirche mein Gewicht in Gold. Und ihm selbst? Sollen wir ihm auch eine hübsche Gotin … Was denn? Nicht? Ist doch nicht dumm?«

»Er ist wohl zu alt« – Cautinus lächelte – »um solche Gabe noch recht würdigen zu können.«

»Also frisch ans Werk. Rufe Guntbert, Ansovald, die anderen Führer zusammen und alle Krieger außer den Wachen. Laut verkünd' ich's, daß wir morgen den Ostgoten, die schon bei Vouglé stehen, entgegenziehen, um nicht hier von diesem Entsatzheer mit einem Ausfall der Belagerten zugleich gepackt zu werden. Nachdem wir die Ostgoten zurückgeschlagen haben, verkünd' ich, wollen wir nach

Poitiers umkehren. Die Nachricht von der Annäherung der Ostgoten muß rasch in die Stadt gelangen, sonst zieht uns Alarich nicht nach. Wie fang' ich das an? Was denn! Was denn?«

Er ging nachsinnend auf und nieder.

»Hei, ich hab's. Wodan gab mir's ein – will sagen Sankt Martinus. Zwei Überläufer müssen's in der Stadt verbreiten.«

»Sie kostet's den Kragen, wird der Betrug entdeckt«, sagte der Priester.

»Schadet wenig!« Chlodwig lachte. »Ist ein gottgefälliges Werk, sie in den Tod zu schicken. Aber wer weiß? Die – wie die Katzen – fallen immer ungeschädigt auf die Füße. He, Gero und Frecho! Herein! Meine Wölflein, ihr sollt wieder traben!«

XXXVI

Vollständig glückte der Plan.

Schon als die Franken – mit heißer Hast und lautem Lärm – ihr Lager abbrachen und eilig gen Südwesten abzogen, hatten die Goten in der Stadt, der langen Einschließung müde, währenddessen die Feinde das Land verwüsteten und die Angehörigen der Heermänner mißhandelten, ihren König zwingen wollen, die Abziehenden zu verfolgen.

Er widerstand mannhaft und verständig. Als aber die zwei Überläufer den Grund des Abzugs überall in den Gassen verkündeten und daß die Scharen der Ostgoten bereits den Clain, südwestlich von Poitiers, überschritten hätten, da brach in Alarichs Heer eine nicht mehr zu bändigende Bewegung aus. Sie wollten den Ostgoten nicht allein Sieg, Ruhm, Beute und Rache überlassen. Sie wollten die frechen Angreifer, die Verderber ihrer Häuser, Frauen und Töchter vernichten helfen. Sie wollten dabei sein in der Stunde der Vergeltung. Sie rissen die Tore auf und strömten hinaus, in kleinen Haufen, einzeln, ohne Führer, ohne Ordnung, den Verhaßten nachjagend. Seufzend entschloß sich der König, der ungern seine wohl gewählte, gut befestigte Verteidigungsstellung aufgab, den Befehl zur Verfolgung zu erteilen. Er erkannte: Andernfalls geschehe die Verfolgung ohne, ja gegen seinen Befehl, und ohne jede Leitung. Nur wenige würden bei ihm in der Stadt bleiben.

Aber auch jetzt gelang es nicht mehr, Ordnung in die blind vorwärtstosende Menge zu bringen.

Nicht nach ihren gotischen Tausendschaften, Hundertschaften, Fünfzig- und Zehnschaften gegliedert, bunt durcheinandergemengt, wie die Rudel aus der Stadt davongelaufen waren, Reiter und Fußvolk, schwere Schildner und leichte Pfeilschützen durcheinander, wogten die Verfolger nach.

Die Überläufer hatten ausgesagt, die ostgotischen Helfer, sechzig Tausendschaften, den Franken um das Doppelte überlegen, lagerten bereits in dem dichten Wald, der den langen Höhenzug auf dem linken, dem Westufer des Clain bedeckt. Hier hätten die fränkischen Spähreiter sie entdeckt und – voller Schrecken – ihre ungeheure Zahl geschildert.

Die Freude der Vergeltung trieb die Goten rasch vorwärts. Von den Franken zeigte sich keine Spur. Aber dieses atemlose Laufen – vier Stunden lang – unter der glühenden Mittagsonne des Erntemonats hatte die Kraft der Kräftigsten erschöpft, und als sie nun, steil bergan rennend, den Fuß jener Höhen erreicht hatten und jetzt mit letzter Anstrengung emporklommen, da trat plötzlich beim Schmettern der Hörner das ganze fränkische Heer, meisterhaft geordnet, aus dem Waldesdunkel hervor und warf sich mit gellendem Hohngeschrei, die Reiter voran, das Fußvolk in geschlossenen Reihen mit gefällten Speeren folgend, auf die bergan Keuchenden, im höchsten Grad Erschrockenen.

Ein einziger Stoß – beim ersten Zusammentreffen – entschied die Schlacht.

Die Goten kamen gar nicht zu geordnetem Widerstand. Sie wurden die steilen Hänge, die sie mühsam zu erklimmen versuchten, hinuntergefegt wie der Wind die Spreu vor sich her bläst. Der Anprall der Franken warf das ganze lose Gefüge der einzeln oder in kleinen Haufen Emporsteigenden, Pferde und Menschen, durcheinander, hinunter. Viele wurden erstickt, zertreten von den in sinnlosem Schrecken nachdrängenden Genossen. Sie wurden untereinander handgemein, sie rangen um den Vorsprung in der Flucht, indes die Franken auf die wirren, wehrlosen Knäuel einhieben.

Unten am Fluß staute sich eine Zeitlang der Schwarm der Fliehenden. Hier hatte Alarich seine Gefolgschaft um sich geschart. Dieser kleine Reiterzug hielt den Zugang zu der schmalen Brücke über den tiefen Fluß besetzt und versuchte, Freund und Feind aufzuhalten.

Eine Weile lang glückte das. Und auch von dem fliehenden Fußvolk hielten hier ein paar Haufen und setzten sich zur Wehr. Es waren die tapferen Auvergnaten die, eifrig fromme Katholiken, die Ehre der Treue der Katholiken, die manche ihrer Priester bisher schwer gefährdet hatten, auf diesem blutigen Feld glänzend wahrten. Sie fielen, ihren ketzerischen König mit ihrem Leben deckend, fast alle auf diesem Fleck.

Da jagte Chlodwig heran auf feurigem Roß, dem der Schaum von den Nüstern flog.

Die zarte, feine Gestalt des Merowingers sah jetzt herrlich aus, scharf, schneidig und doch biegsam wie Stahl. Die roten Locken flatterten, aus dem Helm quillend, in dem Wind, aus den hellgrauen Augen blitzte die stolze Lust an Kampf und Sieg. »Wer hemmt uns da? Uns und die Heiligen? Drauf, meine Franken!«

Und er spornte den Hengst, daß er hochstieg und im Niedersenken den nächsten Gaul über den Haufen warf.

»Hei, die blaue Gotenfahne!« rief Chlodwig.

»Da muß der König halten. Nieder die Fahne und nieder der König.«

Aber in dichten Reihen umdrängten die berittenen Gefolgsleute das teure Zeichen und ihren Herrn.

Chlodwig brach sich Bahn, den nächsten Reiter stach er mit dem Speer vom Roß, der Speer brach. Da zerschmetterte er dem nächsten mit der mörderischen Doppelaxt Sturmhaube und Haupt. Nun war er an dem Fahnenwart, er schlug den Fahnenschaft krachend entzwei, die blaue Gotenfahne Eurichs und Torismunds, die siegreich auf der Wahlstatt von Chalon über der gebrochenen Gottesgeißel Attilas geweht hatte und in mancher anderen Schlacht – sie sank in den Staub.

An dem bestürzten Bannerwart vorbei drängte Chlodwig den Hengst vorwärts. Da erkannte ihn wenige Schritte vor sich, auf seinem weißen Roß, König Alarich. »Stirb, Friedebrecher, Räuber, Mörder!« rief er und schleuderte die Wurflanze.

Aber der Merowinger fing die heransausende mit der flinken Rechten auf, drehte sie um, sah gen Himmel und rief: »Nun höre mich, Herr Christus, der du da wesenseins bist mit dem Vater. Das will der Schuft da nicht glauben! Wohlan, wie jenen wilden Heidenkönig, so bring' ich dir als blutiges Opfer den Ketzerkönig hier dar. Nun lenke wieder wie damals meinen Wurf.« Er warf. Alarich flog der eigene Speer in die Kehle, genau an der Stelle, wo der Alemanne getroffen worden war.

Der Fall des Königs entscharte das Häuflein, das hier letzten Widerstand versucht hatte. Sie stürzten in wilder Flucht auf die rettende Brücke zu, diese brach unter dem nie erfahrenen Gewicht. Hoch spritzten sie auf, die blutigen Wogen des Clain, die viele Hunderte verschlangen.

Die Verfolgung, wenigstens durch die Reiterei, von Chlodwig rastlos nachgehetzt, jagte die Besinnungslosen bis vor die Tore von Poitiers.

Als sich diese auftaten, um die Flüchtigen zu retten, drang Chlodwig mit den besten Rossen seiner Gefolgschaft zugleich mit ein. Der Bischof und sein zahlreicher Clerus hatte sich derart zwischen die zwei geöffneten Flügel des Südtores gestellt, daß sie nicht rasch genug geschlossen werden konnten. Die wenigen zurückgebliebenen Goten streckten die Waffen. Chlodwig war Herr der Veste.

Nicht fünfzig Mann hatten die Franken verloren.

Viele, viele Hunderte von Goten waren erschlagen, ertrunken, gefangen.

»Wie der Habicht die Taube schlägt, traf ich die Feinde«, frohlockte Chlodwig.

»Ah!« rief er. »Wer jetzt nicht einsieht, daß der Herr Christus stärker ist als Wodan und der Katholische besser als der Arianische, der ist dümmer als … Was denn? Nun, als ich bin.«

XXXVII

Der eine Tag, vielmehr der eine Augenblick des Zusammenstoßes auf jenen Waldhöhen bei Vouglé schien das Schicksal des Westgotenreichs in Gallien entschieden zu haben.

Alarichs einziger Ehesohn, Amalarich, der Enkel des großen Theoderichs, war ein fünfjähriger Knabe. Da griff ein Bastard des Gefallenen, Gesalich, nach dem Königstab, und er fand Anhang. Der Knabe und dessen Mutter Theodegotho wurden von treuen Goten aus der Königstadt Toulouse über die Pyrenäen zu dem spanischen Gebiet des Westgotenreiches gebracht – um ihn ebenso vor der Mordgier seines Stiefbruders wie vor dem Kloster Micy zu schützen, in das der Herr Bischof von Poitiers noch am Abend des Schlachttages in Fesseln von Gero und Frecho abgeführt worden war. Er staunte sehr, die »Überläufer« als seine Bewacher auf der unfreiwilligen Reise wiederzufinden. Aber sein eigenes Körpergewicht in Gold schenkte Chlodwig dem heiligen Hilarius von Poitiers, den er neben Sankt Martin von Tours zu seinem besonderen Schutzheiligen beförderte.

Die reiche Gotenbeute machte es dem Sieger leicht, sein Gelübde zu erfüllen.

Indes sollte er erleben, daß der altgermanische Freiheitsgeist noch durchaus nicht aus seinen Heermännern gewichen war, so heiß liebten sie ihren sieggekrönten und witzreichen, längst volkstümlich gewordenen König.

Auf dem größten Platz in Poitiers, vor der Basilika des Schutzheiligen der Stadt, war alle Beute, die man auf den vocladischen Feldern und in Poitiers gemacht hatte, Waffen, Geräte, Schmuck, Gewänder, Gold, in großen Haufen aufgeschüttet und vom König und von einigen durch das Heer erwählten Kriegern verteilt worden.

Der Anteil des Königs war nicht klein ausgefallen, freilich hätte er gern, wie dereinst in Soissons, mehr vorher auf die Seite gebracht. Aber das war diesmal nicht zu machen gewesen.

Als nun die Verteilung beendet, zumal das dem König Gebührende festgestellt war, fanden sich noch ein par unverteilte Beutestücke auf den Stufen vor der Basilika.

»Herr König«, sagte Cautinus und deutete auf eine prachtvolle Vase aus köstlichem penthelischen Marmor edelster, griechischer Arbeit – ihre Reliefs stellten die Hochzeit des Pluto mit Persephone dar –, »dieses hohe Kunstwerk darf nicht einem deiner barbarischen Schild- und Schädelspalter zufallen, der vielleicht jenes greuliche Gebräu aus verdorbener Gerste darin aufbewahrt, von dem ihr mehr trinkt als dem Heil eurer Seelen –«

»Und Magen«, unterbrach Chlodwig, »frommt.«

»Wenn dein unwürdiger Knecht einiges Verdienst hat um den Tag von Vouglé ...«

»Was denn! Was denn! Du warst der Oberfeldherr, der Planer, der Siegvater – du warst der Wodan des Tages. Verzeih, ehrwürdiger Mann, den Vergleich.«

»Nun, dann schenk mir die Vase für die Kirche meines künftigen Bischofssitzes. Sieh, diese Vermählung da wird dann meine mystische Ehe mit jener Kirche bedeuten.«

Chlodwig warf einen Blick auf das Relief. »He, he«, lachte er dann. »Die Braut gefällt dir wohl? Schade, daß sie aus Stein ist, nicht wahr? Nun, du hast zwar auch die dem armen Mönch von Micy – dem ehemaligen Bischof Theodor – zugedachte Gotin genommen – hätt' sie lieber mir, will sagen Frau Hrothehild, als Magd zugesellt –, aber ein König soll nicht knausern. Der Krug ist dein. He, freie Franken, ihr habt doch nichts dagegen? Ich verlange diesen Krug noch zu meinem Beuteteil!«

Da schritt von dem Platz unten die Stufen der Basilika, wo der König, der Priester und der Krug standen, ein schlichter Heermann herauf, in unansehnlichem Gewand, ein ungegerbtes Büffelfell, die Haare nach innen, als Mantel, in schmucklosen Waffen, ohne Sturmhaube, Brünne und Schild, nur die Francisca in der nervigen Faust. Ein mächtiger, brandroter Bart wogte über die nackte Brust bis an den Wehrgurt. Er war etwa sieben Fuß lang.

»Nein«, rief er mit dröhnender Stimme, »nein, Herr König! Daraus wird nichts!«

Chlodwig wurde vor Heißzorn so rot wie sein Haar. »Was denn! Was denn!« stammelte er hervor, »ist ja –« Doch er fing das Wort. »Was soll das heißen?«

»Das soll heißen, daß den ›freien Franken‹, wie du uns – zum Spott, so scheint es – nennst, schon lange gar vieles nicht gefällt, was du, ohne sie zu fragen, tust. Königsübermut und junge Giftnattern muß man bei Zeiten zertreten, bevor sie ausgewachsen sind. Schon daß du die alten Götter verließest, hat uns Männer im alten Land der Kannenefaten wenig gefallen. Mein Ahn –«

»Wie heißt du?«

»Brinno, wie mein Ahn. Der stammte von dem rotbärtigen Donnergott ab. Noch singen sie von ihm in unseren Höfen, wie er gen Walhall aufgestiegen ist, der treue Mann, der starb für *deinen* Ahn, den Bataver mit dem römischen Namen – aber gegen die Römer kämpfend – und mit jener Jungfrau Veleda, die Wodan unter die Walküren nahm. Aber sei's drum! Glaube an den Gott, der sich selbst nicht einmal vom Kreuzgalgen retten konnte. Doch du sollst lernen: ›Volksrecht geht über Königsmacht.‹ Und nachdem du dein vollgemessenes Beuteteil erhalten hast – beim Strahl Donars – mehr erhältst du nicht!«

Und damit hob der Riese die Francisca und schlug das köstliche Gefäß in hundert Scherben.

»Was denn?« schrie Chlodwig und fuhr ans Schwert.

Aber tausendstimmig riefen da vor den Stufen die freien Franken – Kannenefaten waren's hier meist und Bataver: »Heil, Heil! Recht hat er gesprochen. Recht hat Brinno getan.«

Und drohend hoben sie die Waffen.

Chlodwig war ganz bleich geworden, er stieß das halbgezückte Schwert in die Scheide zurück. »Ja, er hat recht, ihr freien Franken. Ich dank' ihm für die Lehre. Werde sie nicht vergessen! He, guter Freund, wie heißt du noch? Brinno? Gut, den Namen muß man sich merken.«

XXXVIII

Unwiderstehlich, reißend, wie ein allüberschwemmender Bergstrom, ergoß sich von Poitiers aus die Waffengewalt Chlodwigs und der Burgunden über das gallische Westgotien. Die Verbündeten kämpften fast stets auf verschiedenen Kriegsschauplätzen, denn jeder der beiden Könige war darauf aus, so viele Städte wie möglich allein zu bezwingen, um sie allein zu behalten.

Während sich der unfähige Anmaßer Gesalich in Narbonne von seinen Anhängern mit großem Gepränge krönen ließ, öffneten die Römer, das heißt die Katholiken, die Tore ihrer meisten Städte Chlodwig, der seinem Heer voraus nur *seine* Römer und katholische Franken ziehen ließ, die er, unter Voraustragung der Überbleibsel von Heiligen und geführt von psalmodierenden Priestern, um die Mauern ziehen hieß.

Bei diesem Anblick öffneten sich die Tore wie die Herzen. Ohne Widerstand, ihn freudig bewillkommnend, empfingen ihn so die Bewohner der Städte Saintes, Bourges, Bazas, Eauze, Letoure, Auch und viele andere.

Nur die Auvergne mußte – nach tapferem Widerstand – mit Gewalt bezwungen werden. »Der Franke soll es lernen«, sprachen diese kernhaftesten der

Gallier, »daß die Auvergnaten so treu wie gläubig sind.«

Während die Burgunden Narbonne einnahmen – Gesalich floh nach Spanien –, zog Chlodwig sieghaft durch Aquitanien und Perigord an die Garonne und besetzte das wichtige und damals schon reiche Bordeaux. Ja, auch die Hauptstadt des ganzen gotischen Galliens, das schöne Tolosa, gewann er. Der Bischof der Stadt, Heraclianus, war es, der dem Schützling von Sankt Martin in der Stille der Nacht ein Mauerpförtlein öffnete. Die gotische Besatzung wurde erschlagen, zum Teil im Schlaf.

Allein Chlodwig entdeckte – zu seinem lebhaften Verdruß –, daß vorher der größte Teil des gotischen Königshortes von hier fort und in die starke Veste Carcassonne geflüchtet war, um deren steile Felsenmauern die Aude schützend spült.

»Was denn? Was denn?« schalt er, als er nur karge Reste der gehofften Schätze in dem Palatium zu Toulouse fand. »Das hätte doch Sankt Martinus leicht verhindern können! Durch ein ganz kleines Wunderchen! Ist ja nun sein eigener Schaden. Ist ja dumm! Er wußte ja doch – kann ein Heiliger vergessen? Zumal *so was!* –, daß ich ihm den zehnten Teil des zu Toulouse zu erbeutenden Schatzes versprochen hatte. Aber, lieber Sankt Martinus, wie kann man doch so leichtsinnig sein? Nun, ich halte mein Wort: Schickt ihn nur nach Tours, den schnöden Bettler! Ich frag' mich, ob er's annimmt? Ich bin nur ein Mensch, ein Sünder. Aber mir wär's zu wenig!«

Sofort sandte er eine Heerschar ab, um Carcassonne zu belagern, und als es ihm damit zu lange währte, eilte er ungeduldig selbst hin, um den festen Platz zu nehmen. »Es ist besser. Denn was denn? Meine Franken sind mir allzu ähnlich, sie würden mir schwerlich alles herausgeben, was sie finden. Und ein König, der keine Schätze hat, um zu belohnen und – mehr noch – zu bestechen, ist ein Bettler.«

Vor Carcassonne angelangt, hielt er, von seiner ganzen starken Gefolgschaft umgeben, Heerschau über die hier lagernden Krieger.

Einzeln ließ er sie herantreten vor sein Königszelt, das er abseits vom Lager hatte aufschlagen lassen.

Er war nicht gut gelaunt. Der zähe Widerstand der harten Nuß da oben auf den Felsen, deren undurchbrechbare Schale den reichen goldenen Kern barg, hatte ihn gereizt, erbittert.

»Was denn?« sagte er. »Wär' ich ein Heiliger und könnte Wunder vollbringen, ich ließe wahrlich nicht meinen freigebigsten Schützling so lang' vor diesen gottverfluchten Steinen liegen.«

Da trat wieder ein einzelner Wehrmann in den waffenstarrenden Kreis der Gefolgschaft.

Bei seinem Anblick zog der König die Augenbrauen hoch empor und öffnete ein wenig, verhalten atmend, den Mund.

»Was denn? Ich meine, wir kennen uns? Freund Brinno, nicht?«

Der Riese sah ihm fest in die zwinkernden Augen: »Du wolltest dir den Namen merken.«

»Hab's getan! – Wirst schon sehen! – Ei, Freund Brinno! Wie schlecht bist du gerüstet: keine Sturmhaube, keine Brünne, kein Schild.«

»Ich hab's nicht dazu. Das hast du in Poitiers schon gesehen.«

»Richtig! Jawohl, in Poitiers! Und was hast du für einen kurzen Speer? Schäme dich, Donars Enkel.«

Und er lupfte rasch die Francisca und schlug ihm den Speer aus der Hand.

»Herr König!« grollte der Hüne und bückte sich, um die Waffe aufzuheben.

Da fuhr ihm blitzschnell das mörderische Beil in den Schädel, und der König rief dem Sterbenden zu: »Siehst du? Das hast du in Poitiers mit jenem Krug getan. Hurtig, meine Wölflein, werft die Leiche in die Aude dort, bevor der nächste Wehrmann an die Reihe kommt.«

XXXIX

Aber statt des nächsten Wehrmannes kam ein Bote: ein Bote des Unheils, der die Fortsetzung der Heerschau jäh unterbrach.

Ein burgundischer Reiter sprengte in die Zeltreihen des Lagers, sein überhetzter Gaultot sank tot nieder. Der Mann wurde schleunigst zum König geführt, warf sich vor ihm auf die Knie und rief: »O König der Franken, hilf! Sie sind da.«

»Was denn, was denn?« schalt der Merowinger. »Steh auf, Mensch, und rede. Wer ist da?

»Die Ostgoten! Das Heer Theoderichs! Sie sind unbezwingbar!«

»Ist ja dumm! Was ist geschehen?«

»Du weißt, Herr, wir belagerten mit deinen Hilfsscharen Arles. Schon hatten wir die Oststadt bezwungen, heiß um die Rhonebrücke tobte der Kampf, schon glaubten wir den Tag gewonnen, da kamen sie uns in den Rücken, draußen, vom Süden her, die ungezählten Scharen.«

»Die Feigheit *kann* nicht zählen«, grollte Chlodwig, »der Mut *will* nicht zählen.«

»O Herr, wir und die Deinen sind nicht feige gewesen! Aber eher möchtest du mit deinem Schild die Flut des Meeres abwehren, wenn sie brausend über die Dämme steigt, als den Angriff der Ostgoten. Von ihren weißen Schilden leuchtete ein augenblendender Glanz, in den Falten der lichtblauen Amelungenfahne rauschte der Sieg, unsere Herzen erschütterte ihr Schlachtruf: ›Theoderich und das Recht‹. Ihre beiden Führer, Herzog Ibba und ein Graf Vitigis –«

»Vitigis? Den Namen, mein' ich, hört' ich schon einmal. Jawohl! Der Elende hat mir die Ostalemannen entrissen!«

»Er warf alles vor sich nieder. Schwerwund liegt unser König von dieses Grafen Schwert. Wir wichen, hart verfolgt, weit nach Westen – bis Narbonne – zurück. Vor diesen Mauern ereilten uns die Feinde. Wir wurden abermals geschlagen.«

»Ah, Memmen!« knirschte der Merowinger.

»Die Stadt sperrte uns die Tore zu, ließ die Amelungen ein. Wir fliehen, den wunden König in der Mitte, gen Norden, heimwärts nach Burgund. Komm, und hilf, und rette, was noch zu retten ist!«

»Was denn?« seufzte Chlodwig. »Wird nicht mehr viel zu retten sein – für euch! Auf, meine Franken, laßt die Hörner durch die Lagergassen schmettern. Wir brechen auf. Ah, verflucht sei jeder Stein der Mauern und alles Leben verflucht in dir, Carcassonne. Da oben liegt der Hort der Goten, ich weiß es, ich schnüffle das Gold wie der Wolf das Schaf – und wie der Wolf vom Schafstall muß ich abziehen, weil die Hirten herlaufen mit Geschrei. Auf, meine tapferen Franken, laßt uns gut machen, was diese burgundischen Weichlinge verdorben haben! Soll er denn wirklich ganz unbezwingbar sein, der Amelungen weißer Adlerschild? Laß sehen, ob meine Francisca ihn nicht diesem Vitigis zerspellt. Und du, Herr Christus der Katholischen, du wirst doch ihren Ketzerchristus nicht siegen lassen? Das Gewicht der Leichen von Herzog Ibba und Graf Vitigis zusammen in Gold gelob' ich dir, Sankt Martin von Tours. Hilfst du mir nicht für solchen Lohn – Martine, Martine! –, dann kannst du nicht helfen!«

*

Aber Sankt Martinus entsprach dieser doch so eindringlichen Herausforderung seiner Wunderkräfte nicht.

Es war, als ob ein Siegeszauber um die lichten Amelungenwaffen gewoben sei.

Seitdem sie den Boden Galliens erreicht hatten, drangen die Ostgoten unaufhaltsam vor. Von Chlodwig schien das Glück, das ihm so lange, treu wie eine zahme Taube, vorausgeflogen war, urplötzlich gewichen.

Darüber machten sich große und kluge sowie kleine und wenig eingeweihte Menschen im Frankenheer ihre Gedanken.

Chlodwig hatte, auf geschickt gewählten Wegen von Carcassonne nach Nordosten eilend, solange er allein war einem Zusammenstoß mit dem Feind nach Möglichkeit ausweichend, die Vereinigung mit dem burgundischen Heer angestrebt, das er bei Valence erwarten wollte. Vor den Toren dieser Stadt, die ihm bei seinem Siegeslauf zugefallen war, also gedeckt für den Notfall durch ihre starken Mauern, wollte er auf dem Blachfeld, wo die Isère in die Rhône mündet, den Feinden das Überschreiten jener breiten Flußlinie vereiteln – ein strategisch richtig gedachter Gedanke.

Aber einzelne Rückzugsgefechte mit der ostgotischen Vorhut – Vitigis führte die unermüdlich verfolgende – waren nicht zu verhüten gewesen, und in jedem hatte »der tapfere Graf« gesiegt.

Am Abend vor der Schlacht saßen Gero und Frecho am Lagerfeuer, brieten einen eigentlich dem heiligen Amabilis von Riom gehörigen Hammel und tranken dazu den roten Wein, der in den Rebgärten der heiligen Galla von Valence hier in der Nähe gewachsen war.

»Höre«, begann Gero, den gargebratenen Hammel in seinem Lindenschild mit dem Scramasachs zerlegend, »ich glaube, hättest du dich nicht schon so unvorsichtig rasch taufen lassen – du ließest es jetzt bleiben.«

»Warum?« fragte der Neubekehrte und goß vorsichtig aus dem gewaltigen tönernen Weinkrug in seine eherne Sturmhaube.

»Weil es jetzt gar übel rückwärts geht mit unserem Herrn und seinem Herrn Christus. Seit diese verfluchten Ostgoten den Fuß ins Land gesetzt haben, lastet Unsieg auf uns. Gestern stand ich auf Vorwache, den Feinden gegenüber, nur durch den Fluß getrennt. Da sangen sie Spottlieder auf uns zu mir herüber. Nicht alles verstand ich. Aber diese Stäbe:

›Die freudigen Franken
Sind fromm und – frech:
Aber elend erliegen sie und erbärmlich
Der edeln Amelungen
Schimmerndem Schild
Und schwingendem Schwert.‹

Ich erzürnte mich, aber ich konnte nicht sagen: Es ist gelogen. Ich weiß nur noch nicht recht – reich' mir auch mal zu trinken! Du fängst öfter an zu schlukken, als du aufhörst! –, woher es kommt.«

»Beim Satan, es sind ihrer sehr viele. Und sie werden gut geführt.«

»Führt unser Herr auf einmal schlecht? Nein, nein! Entweder der arianische Christus ist besser als der katholische –«

»Niemals!«

»Ja, wer weiß? Dann werd' ich Arianer …«

»Du stinkender Ketzer! Dann tu' ich nicht mehr den kleinsten Mord mit dir!«

»Oder es ist die späte Rache der alten Götter. Ist doch auch möglich. Drum bleib' ich noch bei ihnen.«

»Du bist dumm. Siehst du denn nicht, was der Hauptgrund dafür ist, daß diesen Goten alles glückt, ihnen alles zufällt?

Der ›Weise‹ in Ravenna ist schlau wie ein Altfuchs. Obwohl Arianer, hat er einen eifrig frommen Katholiken als Oberfeldherrn und Vertreter nach Gallien gesandt, diesen Herzog Ibba, der nicht nur den Kirchen und Geistlichen noch weniger als unser Herr einen Stein zerbrechen oder ein Haar krümmen läßt, sondern der, noch viel freigebiger als unser Herr, ihnen reichste Schenkungen zuwendet. Die Heiligen sind aber, wie Cautinus täglich predigt, gerade auf solche Betätigungen der Frömmigkeit sehr aus. Ibba hat unseren Herrn überboten bei Sankt Martin und Sankt Hilarius, das ist alles. Und das darf man den heiligen Herrschaften auch nicht verdenken, denn Herzog Ibba ist ja auch katholisch, ja, schon viel länger als unser Rotkopf. So sind es doch wieder die katholischen Heiligen, welche die Dinge entscheiden, und wenn du Arianer wirst, wirst du nicht nur in Ewigkeit von dem üblen Höllenwirt gebraten, du hast es auch im Leben mit den einzig mächtigen Wunschgöttern – wollte sagen: Wunscherfüllern – verdorben. Gib den Wein herüber.«

»Hi«, lachte Gero pfiffig. »Wohl ist das schlau von dem Amaler mit der Wahl des katholischen Feldherrn, aber nicht wegen der Katholiken, die tot und im Himmel, sondern derentwegen, die lebendig und in Gallien sind. Seit ein eifrig frommer Katholik uns bekämpft, sind unsere bisherigen willigsten und wichtigsten Helfer, die katholischen Priester in den Städten, doch in schlimmer Verlegenheit. Den Eid der Treue, den sie den Goten geschworen haben, haben sie zwar ganz munter gebrochen, solange sie zwischen den ›stinkenden‹ Ketzern und unserem rechtgläubigen Herrn zu wählen hatten, aber ein Eid ist doch – sozusagen – kein Roßmist, man hält ihn doch – meist – lieber, als daß man ihn bricht.«

»Ja, ja.« Frecho nickte, vom Trinken absetzend, ganz bedächtig. »Zumal, wenn nichts dabei herauskommt.«

»Sieh, sieh, Frecholein, du fängst an, mich zu begreifen. Hast also doch noch nicht all deinen Verstand versoffen. Also, da die Katholischen jetzt ihren Eidbruch gutmachen können, indem sie zu einem noch viel mehr katholischen Herrn zurücktreten oder aber den Eid zugunsten eines Glaubensgenossen halten dürfen, so treten sie von uns zurück oder treten gar nicht zu uns über. Das ist der Grund, warum alles von uns abfällt oder nicht mehr zu uns übergeht.«

»Hm, mag sein. Auch hab' ich übrigens noch keine Menschen solche Hiebe hauen sehen wie diesen Grafen Vitigis.«

»Nun, da mußt du gute Augen haben. Denn du sahst ihn immer nur recht von fern, sobald er ansprengte auf seinem Braunroß, warst du ganz woanders.«

»Soll sich – gib mir die Keule des Hammels, hast sie schon halb aufgefressen!«

»Ja, und der Hammel des heiligen Amabilis' hat mir Heiden nicht schlechter gemundet als dir.«

»Gib her, sag' ich. Soll sich ein rechtgläubiger Mensch von einem solchen elenden Ketzer über den Haufen reiten lassen? Man sagt, Wallada, sein braunes Roß, habe König Theoderich ihm selbst geschenkt. Und es sei ein Höllenroß, das alles niederrennt. Aber am Ende, wenn der Gotenkönig zu sterben kommt, dann wird das Braunroß plötzlich zum Rappen, pocht mit dem rechten Vorderhuf an das Tor des Palastes in der Rabenstadt und holt den König ab in die Hölle, mit deren Wirt er diesen Vertrag geschlossen hat: Sieg im Leben, die Seele nach dem Tod der Hölle.«

Gero schüttelte den struppigen Kopf. »Das ist das Gerede deiner Geschorenen. Mit Wodan hat der Rabenkönig in der Rabenstadt den Bund geschlossen: ›Sieg im Leben, dann Tod im Kampf und Aufstieg nach Walhall.‹ Auch König Childerich, unseres Herrn Vater, soll, so sagen und raunen unsere Alten, einen solchen Bund mit Wodan geschlossen und ein Siegesschwert vom Siegvater erhalten haben. Aber niemand wisse, wo das verborgen liegt. Bei Wodan und Donar, unser Rotkopf könnt's jetzt dringend brauchen! Aber er weiß – das sieht man – offenbar nicht, wo's liegt. Und dann! Wird das Wodanschwert dem Abgefallenen, dem Christusdiener, helfen? Allein«, fuhr der Heide leiser fort, sich umschauend, ob auch niemand lausche, »man raunt noch ganz andere Dinge. Daß die Götter leben, glaubst auch du mit den Geschorenen.«

»Sie leben. Aber sie sind … sie brauchen's nicht zu hören, was sie sind.« Und er flüsterte ihm ins Ohr: »Üble Wichte sind sie, Schädlinge.«

»Du! Das will ich nicht gehört haben! Also, Chlodwig ist nur eines Meerwichts Sohn, doch König Theoderich des gewaltigen Donnergottes. Drum ist er gar friedlich, denn der Bauerngott liebt nicht den Krieg, der die Ernte zerstampft. Lange währt's, bis er, gezwungen, zum Schwert greift. Dann aber fährt er in Götterzorn, dem nichts widersteht.

So soll schon vor Jahren unser Herr bei einer Zwiesprache mit dem Amelung jenen durch lose Reden – die hat er an der Zunge, du weißt! –«

»Ja, so leicht wie die Mordaxt in der Faust.«

»– so lange gereizt haben, bis es zum Kampf unter ihnen kam. Der Merowinger vertraute dabei auf sein Erbteil von dem Meerwicht: die Hornschuppenhaut – mit jenen Borsten, die ich selbst gesehen habe. Und lange blieb der Kampf unentschieden. Sie rangen zuletzt Mann an Mann. Da fuhr Herr Theoderich in Götterzorn – Feueratem, Donars Erbe, blies er aus dem Mund, wodurch die Hornhaut unseres Herrn aus Niederland schmolz. Herr Theoderich bezwang ihn, der einzige, der ihn je besiegt hat – und schenkte ihm das Leben.«

»Hm«, sagte Frecho aufstehend, »diese dumme Geschichte hättest du mir nicht erzählen sollen – am Abend vor der Schlacht. Ist ja nur falscher Heidenglaube! Aber ich hätt' es doch lieber nicht gehört. Da! Sauf noch den Rest Wein. Sieht alles aus wie Blut! Mir ist der Durst vergangen. Hör es, Gott Donar, ich ... ich habe fein nichts Böses von dir gesagt.«

XL

Am nächsten Tag wurde die Entscheidungsschlacht in diesem Krieg geschlagen.

Chlodwig wollte, wie gesagt, mit seinem Heer und den hier erwarteten Trümmern des burgundischen den vereinten Ost- und Westgoten den Übergang über die Isère verwehren, auf deren Nordufer, nördlich von Valence, bei Romans, er lagerte. Er wurde bis zur Vernichtung geschlagen.

Die Ostgoten hatten, früher im Kampf gegen Rom, nunmehr seit dreißig Jahren in Italien in der Schule Roms, die überlegene römische Kriegführung kennen und nachbilden gelernt und sich so eine Kriegskunst angeeignet, die dann später nur durch die großen Feldherrn Belisar und Narses überboten wurde.

Aber gegenüber den noch halb barbarischen Franken, Burgunden, Alemannen war sie weit mehr als ausreichend.

Herzog Ibba, ein ganz besonders von dem großen König zu Ravenna ausgebildeter Feldherr, hatte nicht die Besiegung – die Vernichtung des feindlichen Heeres hatte er ins Auge gefaßt. Nach alter römischer Überlieferung plante er die zangenhafte Umfassung des Gegners von allen Seiten. Und vollständig hatte er dem Gegner die Vorbereitung dieses

Planes zu verbergen verstanden, dank der geheimen Mitwirkung der Anwohner, die nun hier dem rechtgläubigen Kirchenbeschenker so beflissen wie anderwärts Chlodwig dienten.

Die Schlacht begann am frühen Morgen des schwülen Sommertages.

Herzog Ibba eilte vorher den Fluß entlang an der Reihe seiner Krieger vorüber und befahl: »Betet! Betet zu dem Gott, an den ihr glaubt. Ihr heidnischen Gepiden in unserem Heer zu Wodan! Ihr Christen zu Gott dem Vater, an den ihr alle glaubt, mag der Sohn dem Vater wesensgleich oder nur ähnlich sein. Ihr alle aber, seht und hört euren Feldherrn beten.«

Er sprang vom Roß, warf sich auf beide Knie und rief zum Himmel auf: »Höre mich, du Gott, allmächtiger Herr des Himmels und der Erden, gib der gerechten Sache den Sieg. Wir zogen aus, um den Enkel unseres Königs, ein hilflos Kind, vor dem Räuber seines Erbes zu schützen. Töte mich, und zerschmettere mein Heer, wenn wir im Unrecht sind. Aber zerschmettere die Macht dieses Merowingers, wenn er ein Räuber und ein Mörder ist.«

Dann sprang er auf, bestieg das Pferd und gab den Befehl zum Angriff.

Auf Flößen und watend versuchte das Mitteltreffen der Goten den Übergang.

Erfolgreich wehrte Chlodwig diesen Angriff ab.

Vorsichtig hatte er auch diesmal eine Nachhut in seinem Rücken aufgestellt. Aber diese wurde nun sein Verderben. Denn plötzlich erscholl von diesem Rückhalt her wildes, verzweiflungsloses Geschrei, und in aufgelöster Flucht, vom Schrecken entschart, jagten seine Reiter, sein Fußvolk durcheinander gemischt, heran, seine eigenen Reihen über den Haufen rennend. »Flieht! flieht!« schrien sie, sinnlos vor Entsetzen. »Alles ist aus! Die Goten über uns! Aus dem Wald! Die Goten überall.«

Da erbleichte Chlodwig. »Was denn? Was denn?« schrie er. »Ist ja dumm. Das müssen die – endlich eintreffenden – Burgunden sein. Wer kann in unserem Rücken …«

»Graf Vitigis! Und alles ist verloren!« schrien die Flüchtigen und warfen die Waffen weg.

Und es war so.

Graf Vitigis hatte am Abend vor der Schlacht von den Umwohnern erkundet, daß eine nicht allzu weite Strecke Fluß aufwärts in einem Fischerdorf eine sehr beträchtliche Zahl von Nachen und Boten zu finden sei. Er berichtete das dem Herzog, der ihn sofort – es war dunkel geworden – mit einer starken und erlesenen Schar dorthin absandte, mit dem Befehl, den Fluß dort in aller Stille zu überschreiten, den Franken heimlich in den Rücken zu eilen, sich den Morgen über in dem Wald hinter Romans verborgen zu halten und gegen Mittag, wenn er das Getöse der Schlacht vernehme, die Feinde überraschend von hinten anzugreifen.

So war's geschehen.

Einen Blick warf Chlodwig noch nach vorn. Da sah er bereits das Mitteltreffen der Goten das rechte Ufer der Isère ersteigen, nun nicht mehr abgewehrt von den Seinen, die, verwirrt durch das Geschrei vom Rücken her, zugleich von vorn bedroht, zu beiden Flanken hin auseinanderstoben.

»Hei«, rief er zornig gegen die schwarzen, schwülen Gewitterwolken hinauf, »ist das euer Dank, ihr Heiligen? Der Sieg ist hin, jetzt gilt's, Leben und Heer zu retten. Hierher, Guntbert! Hierher, Ansovald! Zurück! Alles zurück! Wir müssen diesen Vitigis über den Haufen rennen. Sonst sieht keiner von uns die Heimat wieder. Zurück!«

Aber Graf Vitigis war nicht über den Haufen zu rennen.

Wie ein eherner Stachel traf er auf die entmutigt und ordnungslos gegen ihn heranflutenden Scharen, die Flüchtlingen viel ähnlicher waren als Angreifern.

Er selbst prallte mit Chlodwig zusammen, aber es kam nicht zum Waffenkampf. Wallada, des Goten herrliches Roß, allerdings König Theoderichs edles Geschenk, warf im Ansprengen den Gaul des

Königs auf die Hinterbeine. Mit Mühe zogen die Gefolgsleute den schwer gequetschten Reiter unter dem Pferd hervor und retteten ihn aus der verlorenen Schlacht. Sein Heer war tot, wund, gefangen.

XLI

Chlodwigs Quetschwunden schmerzten so sehr und heilten so langsam, daß man, sobald er nur erst aus dem Bereich der Verfolgung heraus war, ihn vom Sattel hob, auf einen breiten, mit Kissen bedeckten Erntewagen legte und ihn, jedes Rütteln vermeidend, auf der alten guten Römerstraße im Schrittempo zurückfuhr.

So währte es geraume Zeit, bis er Paris erreichte.

Die Ostgoten, ihres großen Königs Geist und Auftrag gemäß, trugen den Krieg zunächst noch nicht in Feindesland. Sie begnügten sich damit, das westgotische Gebiet von den feindlichen Besatzungen, die noch in manchen Städten und Kastellen lagen, zu säubern, was ihnen fast überall gelang. Der Burgunde erbat und erhielt Friede, seine Mannschaften zogen unbehelligt ab.

Diese Aufgaben in Gallien löste Graf Vitigis, während Herzog Ibba nach Spanien ging, dort den Anmaßer Gesalich schlug, ihn – nach allerlei Abenteuern des Flüchtigen – vernichtete und für den Knaben Amalarich, den seine Getreuen mit der Mutter Theodogotho in das feste Saragossa gerettet hatten, im Namen des Großvaters eine vormundschaftliche Regentschaft einrichtete.

In grimmiger Laune, der Verzweiflung nahe, kam der Merowinger, noch immer leidend, in sein Palatium zu Paris, das er mit so stolzen Hoffnungen verlassen hatte.

Bissig fuhr er, nachdem ihm Cautinus, der neben ihm gesessen hatte, von dem Wagen geholfen hatte, Frau Hrothehild au, die ihn unter Tränen in die Arme schließen wollte.

»Was denn? Was denn? Was denn? Ist ja *ganz* dumm. Laß mich! Tust mir nur weh! Jetzt heulst du! Hättest du lieber fleißig zu deinen Heiligen gebetet.«

»Ich habe gebetet – Tag und Nacht! Mit Genovefa und –«

»Remigius, weiß schon! Höre, ich bin sehr unzufrieden mit deinen Heiligen. Aber sehr! Herbere Hiebe hätt' ich auch als Heide nicht davontragen können. Und wie hab' ich sie geschont und beschenkt! Bitter bereu' ich's. Ich habe große Lust, arianisch zu werden, wie der Tugendprediger zu Ravenna.«

»Vielleicht«, wandte da nachdrücklich Cautinus ein, der des Wunden steter Begleiter und eifriger Pfleger gewesen und immer höher in dessen Gunst gestiegen war, »vielleicht, o Herr, hast du den Heiligen nicht in der rechten Weise gedient.«

»Was denn? Bist doch sonst nicht dumm, Cautine. Soll ich vielleicht noch mehr schenken?«

Der Priester schüttelte den schwarzen Kopf und machte eine abwehrende Handbewegung. »Behüte!

Darin hast du übergenug getan. Im Gegenteil: Ich meine vielmehr, die so reich von dir Beschenkten sollten sich nun dankbar erweisen und dir in deiner Not beispringen.«

»Cautinus«, rief der König, sich von dem Lager, auf das sie ihn in dem schattigen Garten des Palatiums gebettet hatten, halb erhebend, »du bist der gescheiteste Mensch in meinem Reich und mein treuester Diener. Ich höre, mein Kanzler Leontius ist inzwischen gestorben. Hier, nimm meinen Ring – du bist fortab mein Kanzler. Du taugst besser in meinem Palast als in einem Bischofssitz.«

Wie funkelten die dunklen Augen, als der Priester das Zeichen und Mittel höchster Amtsgewalt ergriff und eilig an den Finger steckte!

»Und ich glaube«, fuhr er nach tiefer Verbeugung des Dankes fort, »ich glaube dir auch versprechen zu können, daß viele, ja vielleicht alle Bischöfe und Äbte dir von ihrem Reichtum spenden werden. Ich habe unterwegs viel darüber nachgedacht und, während du schliefst, über dreißig Briefe geschrieben …«

»Wacker! Treu! Eifrig! Wie keiner! Remigius hat nur gebetet!«

»Denn ich wußte ja doch und weiß es: Seit jenem Tag an der Isère füllt meines stolzen Helden Hirn nur ein Gedanke ...«

»Rache!« schrie Chlodwig so wild, daß die Königin heftig erschrak. Er fuhr empor mit geballter Faust.

»›Die Rache ist *mein*‹«, mahnte die Frau, »›ich will vergelten‹, spricht der Herr!«

»Nein, bei Wodans Speer! *Mein* ist *diese* Rache, mein ganz allein. Die soll Gott nur mir überlassen. Ich will, ich kann nicht mehr ruhen und rasten, bis ich die ungeheure Schmach mit dem Blut von ungezählten dieser amalischen Hunde abgespült habe. Rache! Rache! Hört's, alle Geister, Götter und Dämonen: Wer mir Rache schafft, der hat mich!«

»Hör ihn nicht, Herr Christus«, jammerte die Gattin, »oder vergib ihm. Er weiß nicht, was er spricht.«

»O ja, nur allzu gut. Und ich werde … O daß mein Vater den Mund schloß, bevor er noch das eine Wort gesagt hatte.«

»Welches Wort?«

»Den Namen des einzigen Mannes, der da weiß, wo sein Hort liegt und … das Siegesschwert.«

»Mein Gemahl! Du wirst doch nicht die Waffe in die Hand nehmen, in die jener oberste der Heidengötter seinen scheußlichen Zauber gelegt hat?«

»Was denn? Ist ja dumm. O hätt' ich es gehabt, das Siegesschwert, gegen jenen Vitigis!«

»Herr König«, unterbrach der neue Kanzler, »ich vertraue darauf, du bedarfst des Heidenschwertes nicht. Die Heiligen werden dir ihre Gunst wieder zuwenden, wenn …«

»Wodurch hab' ich sie verwirkt? Vielleicht durch die Gaben, die meinen ganzen Schatz erschöpften?«

»Durch allzu große, sträfliche Milde.«

»Na, nun höre! Was denn?« staunte der Merowinger. »Ich dächte doch …«

»Sträfliche Milde gegenüber den Ketzern und den Heiden in deinem Reich.«

»Aha«, sagte Chlodwig, eifrig zuhörend. »Das klingt schon anders. Das mag ja sein!«

»Es ist so! Sehr zahlreich sind die Ketzersekten der frechen Monophysiten und Monothelisten auch hier, in deiner Königsstadt Paris, die vor deinen Ohren Christus lästern, indem sie ihm nur eine Natur und nur einen Willen beilegen.«

»Ja, weißt du, lieber Kanzler«, sagte Chlodwig kopfschüttelnd, »das sind recht schwer zu denkende, spitzige, kitzlige Sachen.«

»Sie *sollen* nicht denken, *glauben* sollen sie, was die Väter der Kirche lehren. Und vor allem: Es sind steinreiche Leute darunter: Kaufherrn, aus Griechenland, Syrer, getaufte Juden.«

»Hm, das ist freilich ganz was anderes. Denen könnte man ja …«

»Ohne Zweifel. Und zwar von Rechtswegen. Es sind ausschließlich Römer, leben also nach römischem Recht. Wohlan, dieses Recht bedroht die Ketzerei mit Gütereinziehung.«

»O Cautine, dich mach' ich auch noch zum Reichsschatzmeister. Morgen schon nehmen wir ihnen alles.«

»Geht nicht so rasch. Erst muß doch diese Lehre auch in deinem Reich als Irrlehre feierlich erklärt werden.«

»Was denn! Ich erkläre sie dafür – auf dem Fleck, hier –, eh' ich den Becher da leer trinke.«

»Du kennst sie ja nicht.« Der Kanzler lächelte. »Außerdem kann das nur die Kirche. Deshalb – und noch aus anderen Gründen – mußt du – höre es, Herr König – ein Konzil einberufen.«

»Meinetwegen!«

»Dieses Konzil eröffnest du selbst. Du findest dort alle Bischöfe deines Reiches beisammen und kannst sie so am bequemsten – und mündlich eindringlicher als durch Briefe – um Geldspenden angehen.«

»Vortrefflich! Jawohl! Und sagen sie nein, sperr' ich sie alle ein – auf einen Griff.«

»Du wirst«, mahnte die Frau, »nichts gegen Remigius –«

»Was denn?« erwiderte Chlodwig giftig. »Der? Der hat mir im Leben nichts gegeben als gute Lehren – noch nie einen guten Rat wie dieser Cautinus da.«

»Allein«, fuhr dieser fort, »die Verfolgung jener Ketzer allein wird dir die Huld der Heiligen nicht wieder zuwenden und deinen Schatz nicht füllen.«

»Nun, was noch? Rasch heraus damit. Ich brauche viel Geld, sehr viel. Wie meine Kriegsvorräte, meine Waffen, liegen viele Tausend meiner Heermänner auf dem Feld von Romans. Meine Franken allein bringen kein Heer mehr auf, das der Übermacht jener Verbündeten gewachsen wäre, denn auch der treulose Gundobad wird's nun gewiß mit ihnen halten. Ich muß Söldner werben: Friesen, Sachsen, Thüringer!«

»Das sind Heiden«, rief Hrothehild entsetzt.

»Meinethalben Teufel, wenn sie nur fechten. Aber das kostet Geld.«

»Wohlan, so nimm auch jenen ihre Güter, die du – wie die Ketzer – all diese Zeit über ihren frevligen Götzendienst hast treiben lassen.«

»Was denn? Wen meinst du?

»Die Heiden!« fuhr der Kanzler grimmig auf, seine Augen blitzten unheimlich. Er kniff den schmalen, bartlosen Mund zusammen.

»Die Heiden?« erwiderte Chlodwig, fast erschrokken. »Nein, das geht nicht. Das ... das tu' ich nicht. Wenigstens nicht, solange sie lebt ...« fügte er vorsichtig hinzu.

»Wer?«

»Meine Mutter!«

»Und warum geht das nicht?« forschte Cautinus ungehalten.

Da mischte sich die Königin in das Gespräch ein: »Weil mein Chlodwig ein all zu zartes Gewissen hat.«

Erstaunt richtete der sich auf und sah sie groß an. »Was denn? Nicht, daß ich wüßte!« sagte er.

»Ja, in anderen Dingen freilich – leider – oft nicht. Aber an diesem einen törichten Eid hängt er mit unbeugsamem Eigensinn.«

»An welchem Eid?«

»Er hat seinem sterbenden Vater vor den Ohren der Mutter geschworen, die Heiden nie zu verfolgen, ihren Götzendienst zu dulden.«

»Was?« rief Cautinus wild. »Wie? – Dieser Eid ist Sünde! Ist nicht bindend. Sünde war es, ihn zu schwören, Sünde ist es, ihn zu halten. Pflicht, zur Rettung deiner Seele, ist es, ihn zu brechen. Du bist ein Sohn der Kirche, du hast die Macht, diese Greuel zu vertilgen. So versündigst du dich durch deine Duldung gegen deine Mutter.«

»Was denn?« fragte Chlodwig ganz verdutzt. »Meine Mutter? Die ist ja selbst Heidin und aller Heiden Haupt.«

»Deine *wahre* Mutter, die Mutter deiner Seele, ist die heilige Kirche. Was will dagegen die fleischliche

Mutter bedeuten, die dich – in Sünden – empfangen und geboren hat? Wage nicht, beide zu vergleichen. Jener Eid ist ein Nichts.«

»Nein, nein! Das sag du nicht«, erwiderte der hart Bedrängte. »Denk' ich an jenes Sterbelager, seh' ich die brechenden Augen des Vaters auf mir ruhen, hör' ich seine furchtbar ernst mahnende Stimme – dann überläuft mich's kalt. Nein! *Diesen* Eid breche ich nicht! Ich fürchte nichts auf Erden – auch nicht diese verfluchten Ibba und Vitigis« – er ballte die Faust – »aber in Frau Basinas Augen sehen, nachdem ich jenen Schwur gebrochen habe – nein! Warte, bis sie tot ist.«

»Gut. Ich kann warten«, sprach der Kanzler achselzuckend. »Nicht mir zürnen die Heiligen. Nicht ich will ihre Gunst wiedergewinnen. Nicht ich brauche Geld zum Krieg. Nicht ich habe gerufen: Rache, Rache!«

»Beim Satan, Mensch«, schrie Chlodwig, »reize mich nicht!« Er schlug mit der Faust auf den runden Erztisch, der vor ihm stand, so daß der Wein hoch aus dem Becher spritzte.

Aber jener fuhr ganz ruhig fort: »Dann kannst du dir auch das ganze Konzil ersparen. Das Geld jener Ketzer reicht doch bei weitem nicht aus. Du brauchst die Habe, das Grundeigen, der vielen Heiden, die deinem Bann sicher nicht gehorchen würden.

Und wenn du den Götzendienst duldest, kann ich es nicht übernehmen, die Bischöfe um Geld für dich anzugehen. Gestatte, o Herr, daß ich mich in die Kapelle zurückziehe und zu den Heiligen für dich bete.«

»Was denn? Um was?«

»Um Erleuchtung deines verdunkelten Sinnes, Erweichung deiner Verstockung, Vergebung deiner sündhaften Duldung des Götzendienstes. Aber ich fürchte – das vergeben sie nicht!«

Nach tiefer Verbeugung ging er langsam, feierlichen Schrittes, aus dem Garten.

Unwirsch sah der König ihm nach. »Sie sind doch darin alle gleich, diese Priester, die schlauen wie die dummen, die hageren wie die dicken, die Weltlinge wie die Heiligen unter ihnen. Für alles, was sie durchsetzen wollen, finden sie ein gottseliges Wörtlein. Aber ich gebe nicht nach – noch lange nicht. Ich setze jetzt all mein Hoffen auf einen anderen.«

»Auf Gott, mein Gatte?«

»Was denn? Der hat mich ja im Stich gelassen! Nein, auf Kaiser Anastasius in Byzanz. Der hat mir versprochen, die Ostgoten in Italien zur See anzugreifen. Das hat er auch offenbar getan, sonst wäre die verhaßte blaue Fahne viel früher in Gallien aufgetaucht. Also wird er wohl auch sein zweites Wort halten, mir, falls ich die Westgoten anfalle, dreitausend Pfund Gold Hilfsgelder zu senden.

Unterwegs traf mich ein Bote mit der Nachricht, Gesandte des Kaisers an mich seien im Hafen von Marseille eingetroffen. Sie führen, hieß es, eine mächtige Truhe mit. Ist die gefüllt mit jenem Gold, so brauch' ich meine Herrn Bischöfe nicht anzugehen und meinen Eid nicht zu brechen.«

XLII

Wenige Tage darauf ließ der König seine Gattin und den Kanzler, der sich seit jener Unterredung nach Kräften zurückgehalten hatte, zu sich entbieten. Sie fanden ihn in zorniger Stimmung vor, wie seit der Niederlage an der Isère fast immer.

»Was denn?« fauchte er beiden entgegen. »Dieser Imperator! Dieser Lügenkaiser! Dieser Wortbrecher! Da soll man noch einen Glauben an die Menschheit haben! Auf die Menschen ist so wenig Verlaß wie auf die – verschiedenen – Götter. Wißt ihr, was in der großmächtigen Kiste war? Eben haben diese rückenbeugenden Byzantiner sie vor meinen Augen geöffnet: ein Rock und ein Brief!«

»Ist wenig!« sagte der Kanzler spöttisch. »Da wird doch das Konzil helfen müssen«, flüsterte er der Königin zu.

»Was für ein Rock?« fragte diese erstaunt.

»Ja, und was für ein Brief zumal?« forschte der Kanzler.

»Der Rock? Da liegt er irgendwo – dort, in die Ecke hab' ich ihn geworfen! – Das ist nämlich eine ›Chlamys‹, sagten die dienernden Gesandten. Eine ›Chlamys‹, wie sie der römische Konsul trägt. Und der Kaiser schicke mir den langen Rock mit den übrigen Abzeichen der konsularischen Würde. Ist ja dumm! Aber gleichwohl! Man muß auch kleine Mittel brauchen.

Morgen reite ich durch die Straßen von Paris, mit dieser ›Chlamys‹ da behangen, Goldmünzen ausstreuend unter das Volk. Das sei römischer Brauch, erklärten die Gesandten, die dazu erforderlichen Goldstücke haben sie leider nicht mitgebracht! Aber es kann nicht schaden, glauben meine römischen Untertanen, es sei mit Zustimmung des Kaisers, daß ich ihnen römische Steuern abfordere.

Hei! Wahrlich wenig haben wir seit vier Menschenaltern, seit dem Urahn Merowech, die Kaiser gefragt, ob es sie freue, daß wir uns in diesem schönen Land ausbreiten.«

»Aber der Brief!« mahnte der Kanzler.

»Was denn? Ah ja. Da hab ich ihn im Zorn in die andere Ecke geworfen. Danke, Cautine. Nun hört, wie man nur so lügen kann! Er schreibt, er wünsche mir Glück zu meinen – ›anfänglichen‹ – Erfolgen. Als Anerkennung dafür schicke er mir jenen goldgestickten Rock. Aber das versprochene Gold sei er mir nicht schuldig, da ich ja den Krieg nicht bis zur Vernichtung der Feinde fortgeführt habe, sondern geschlagen worden sei! Im Gegenteil! Er habe – nach römischem Recht der *›societas‹* – Wodan weiß, was für ein Ding das ist – eine ›Schadensersatzforderung‹ gegen mich, weil er bei dem Angriff seiner Flotte auf die gotischen Häfen in Italien, den er nur mir zuliebe – es ist doch stark, wenn ein Herrscher so lügt! So was sollte doch nicht sein! – unternommen habe, schwere Verluste erlitten habe. Der verfluchte Friedenskönig hat ihn nämlich überall zurückgeschlagen! Seine Schiffe haben gar nicht landen können. Der Seegraf von Neapel – Totila heißt er – und Graf Teja von Tarent haben sie in die Flucht gejagt. Ei, mich freut's, nachdem mir sein Sieg doch nichts mehr geholfen hätte.«

Da wurde der Vorhang hastig aufgerissen.

»Was ist, Ansovald? Was bringst du? Schon zurück von der Grenze? Du solltest ja mit diesem Vitigis um Waffenruhe verhandeln! Ich muß Zeit gewinnen, bis ich Gold, Söldner, Waffen, das heißt: immer wieder Gold … Was ist mit dem Waffenstillstand?«

»Nichts ist damit. Die Goten verlangen, weil sie die Gefährlichkeit – wie sie sagen – merowingischer Nachbarschaft erkannt haben, du sollst, um ihre Besitzungen sicherzustellen, dein ganzes Grenzland im Südwesten, alles, was du seit deines Vaters Tod hier erworben hast, abtreten an – Gundobad von Burgund, der sich ihnen auf das engste verbündet hat.«

»Was denn? Diese Hunde! Was hast du erwidert?«

»Ich wies die Schmach mit Stolz zurück. Aber …«

»Nun, was aber?«

»Da befahl Graf Vitigis – vor meinen Ohren –, daß sechzig Tausendschaften Goten und zwanzigtausend Burgunden sofort gegen unsere Grenzen aufbrechen sollten. Jetzt wahre dich, Herr König! Jetzt gilt es nicht mehr Eroberung und Ruhm, jetzt gilt es, für dein Haupt und Leben zu fechten!«

»Jawohl«, rief Chlodwig. »Wahr sprichst du. Und ich habe kein Heer! Keine Waffen! Und kein Geld! Kanzler, berufe sofort das Konzil ein. Schaffe Geld, Geld um jeden Preis!«

»Und die Ketzer?«

»Nieder mit ihnen!«

»Und … und die Heiden?«

»Ich gebe sie dir preis! Nur Geld, Geld, rasch, viel! Und Waffen! Und ein Heer!«

XLIII

Alsbald tagte in Orleans – eine der neueroberten Städte, die von den Franken nicht geräumt worden waren – ein Konzil von mehr als dreißig Bischöfen.

Der König selbst eröffnete es, verließ aber alsdann die Versammlung.

In dem vorletzten der einunddreißig Kanones wurde jeder heidnische Aberglaube – Weissagung und ähnliches – bei Strafe der Ausschließung aus der Kirche verboten. Der König verpflichtete sich, durch den weltlichen Arm den Gehorsam gegenüber den Geboten der Kirche zu erzwingen. Cautinus und Theoplastus, bei dem Übertritt Gundobads zu Chlodwigs Feinden abermals aus Genf geflüchtet, von Chlodwig aufgenommen und zum Bischof von Cambrai ernannt, waren die geistigen Beherrscher der Versammlung. Remigius, der dringend von jeder Verfolgung der Heiden und Ketzer abgeraten hatte, lag krank in Reims.

Als der Kanzler dem König die Abschrift der gefaßten Beschlüsse überbrachte, durchflog sie jener höchst gleichgültig, ja ungeduldig und ungehalten. »Was denn?« sagte er. »Asylrecht … geistliche Weihen … Kirchenvermögen. Schon recht, schon recht. Aber … Ei, was seh' ich da? Kanon sieben! Die Geistlichen sollen von mir keine Gaben verlangen dürfen ohne Erlaubnis des Bischofs bei Enthebung vom Amt und Exkommunikation? Schwillt den Herrn Bischöfen der Kamm schon so hoch?«

»Herr König, der Schatz ist leer. Widerstrebe nicht den einzigen, die ihn dir füllen können!«

»Nun, beim lodernden … Na, bei irgendwem oder -was. Sei's drum!

Aha, hier die Ketzer, Kanon zehn, Aufnahme der bisher arianischen Priester: meinetwegen! Büßer … Eheverbote … Mönche … Was denn? Ist ja alles … ganz … gleichgültig. Da! Nun kommt's aber! Kanon sechsunddreißig! Was? Weiter nichts? Nur Exkommunikation für ein paar heidnische Gebräuche? Keine Einziehung des Vermögens bei Ketzern und Heiden? Ja, wie soll ich denn da zu Geld kommen?«

»Herr, es war noch nicht mehr zu erreichen.«

»Wofür bist du Kanzler? Und ich König?«

Cautinus zuckte die Achseln. »Du wirst noch lernen – oder die nach dir kommen –, daß man die Kirche nicht herumbefehligen kann wie ein Reitergeschwader. Sie, das heißt die Bischöfe, konnten – offen – nicht weitergehen. Remigius zu Reims, Avitus zu Vienne, Cäsarius zu Arles ... sie alle würden sich an den heiligen Vater Symmachus zu Rom gewendet und sich verwahrt haben gegen Gewalt wider Ketzer und Heiden. Bedenke, die Heiden werden Widerstand leisten, Blut wird fließen. Die Kirche aber dürstet nicht nach Blut.«

»Aber stark nach Gold und Land«, grollte der König.

»Die Bischöfe wollen solche Schuld nicht auf sich nehmen. Remigius und seine zahlreichen Anhänger richteten einen Brief an das Konzil, der mit den Worten Tertullians schloß: ›Der Glaube darf nicht aufgezwungen, freiwillig muß er angenommen werden!‹«

Grimmig schleuderte Chlodwig die Akten des Konzils auf den Estrich. »Die Schwachköpfe! Bei Donars Strahl! Wozu dann die ganze geistliche Heerschau? Hei, auf meinem Märzfeld müssen die Kerle gehorchen!«

»Auch nicht immer.« Der Kanzler lächelte boshaft. »Denk an den Krug von Poitiers.«

Wild fuhr der Merowinger auf: »Hüte dich! Du weißt, was jenem Frechling geschah.«

»Beruhige dich, Herr. Die Bischöfe haben sich schon – auf meine unablässigen Bemühungen – bereit erklärt …«

»Wozu? Bin neugierig! Was denn?«

»Sie wollen dir auf feinere Weise, mit leiseren Schritten, wie wir es lieben – nicht so gerade zu – helfen. Sie wollen dir zur Abwehr der feindlichen Ketzer an der Grenze etwas aus dem Patrimonium der Heiligen leihen.«

»Leihen? Was denn?« Chlodwig lachte. »Ich zurückzahlen? Ist ja …«

»Aber das reicht nicht. An Grundeigen und Fahrhabe der Ketzer und Heiden kommst du nicht durch die Kirche allein, nur zusammen durch die Kirche und …«

»Und wen?«

»Durch mich, deinen Kanzler.«

Chlodwig blies vor sich hin. »Puh! Was denn? Da bleibt unterwegs viel in deinen Taschen stecken. Weiß schon! Hast wieder Schulden wie der Jagdhund Flöhe«.

Lachend erwiderte der Schwarze: »Was tätest du mit einem unschuldigen Kanzler!«

»Ah, gut gesagt.« Der Merowinger lachte. »So was mag ich leiden. Also – was forderst du?«

»Unbeschränkte Vollmacht gegen Ketzer und Heiden. Das Konzil wird – mündlich, zum Schluß – von dir verlangen, daß du eine Untersuchung über Zahl und Treiben der Ketzer und Heiden in deinem Reich vornehmen läßt, ›mit erforderlichen Maßregeln‹ von Fall zu Fall.«

»Aha«, lachte Chlodwig vor sich hin. »Daran erkenne ich die Sprache eurer Priester. So fein und dehnbar redet sonst kein Mensch. Alles kann man daraus machen. Das hat Theoplastus vorgeschlagen oder du.«

»Wir beide. Jene Untersuchung, diese erforderlichen Maßregeln …«

»Ein treffliches Wort«, sagte der König bewundernd.

»Überträgst du mir – mit unbeschränkter Vollmacht des Vollzugs. Zunächst verhänge ich in Klöstern Haft für weitere Untersuchungen, und ich stehe dir dafür, wo ich suche, Frevel oder Geld …«

»Da wirst du etwas finden! Gewiß! Mach dich ans Werk. Rasch! Ohne Schonung. Ich gebe dir hiermit dafür meinen Königsbann.«

»Urkundlich, muß ich bitten. Und dazu Gero und Frecho. Und hundert berittene Speerträger.«

»Nimm sie. Ich lasse die Vollmacht aufsetzen. Ans Werk!« Er eilte hinaus.

»Ja, ans Werk! Endlich!« sprach der Kanzler und drückte die Hand an das klopfende Herz.

XLIV

Wenige Wochen darauf wandelten in dem Wodanshain in Toxandria unter den uralten Eschen Basina, Guntbert und Bertrada in langem, tiefernstem Gespräch.

Es war düster in dem dichtbestandenen Hain, in dem Menschenhand niemals einen der dem Gott geweihten Baumriesen fällen durfte. Morsch geworden, fielen sie von selbst durch den Atem ihres Gottes, der im Sturmwind gegen sie fuhr. Und ihr vom Wind vertragener Samen hatte seit unvordenklicher Vorzeit ohne Nachpflanzung durch Menschenhand für reichen, ausgiebigen Nachwuchs gesorgt.

Ungefähr in der Mitte des weiten Waldes ragte der mächtigste dieser starken Stämme. Schon Julian und Merowech-Serapio hatten diese Wipfel rauschen hören. Am Fuß des Stammes war aus rohen Felsstücken der schlichte Altar aufgeschichtet, der ein par eherne Opferkrüge trug. Stets erneuerte Kranzgewinde schmückten sie, solange das Jahr frisches Grün gewährte.

Waagerecht ragte aus dem dichten Geäst des mittleren Stammes, im Frieden hier verwahrt, die Fahne des toxandrischen Gaues, dunkelgrün, mit einem eingewirkten, braunflügeligen Adler, Wodans heiligem Vogel. Stolz spreitzte er die Schwingen.

Bis über Manneshöhe war der Stamm ringsum mit ehernen Schilden umkleidet, die mit dem Feldzeichen zugleich abgeholt wurden, ging es in Krieg.

Mancher Ast des heiligen Baumes war umschlungen von goldenen, silbernen, ehernen Reifen – Gaben des Dankes, Gelübdespenden für erfüllte Wünsche, für erhörte Gebete.

Zwei zahme Wölfe kauerten an den aus der Erde ragenden Wurzeln. So oft die Priesterin im Wandeln vorüberkam, sprangen sie auf und begrüßten sie eifrig.

Feierliche Schauer höchsten Ernstes webten durch den schweigenden Wald, in dem um diese Stunde – Sonnenuntergang – auch alle Tierstimmen verstummt waren.

Nur zwei Raben kreisten, heiser krächzend, wie Unheil kündend, um den hohen Wipfel.

Und das Düstere der Stimmung in dem ungeheuren, nie von mannshohem Unterholz und Gesträuch gelichteten Urwald wurde nicht gemildert, eher unheimlich gesteigert durch das einzige Licht, das diese Wirrnis von dichtgedrängten Stämmen, von dunkelblättrigem Gebüsch durchdrang: Es war ein blutrotes Licht, das Licht der Herbstsonne, die in dem Strom im Westen erlosch, wie mit Scheiterhaufenflammen, und fast waagerecht ihre Strahlen bis in die Mitte des Haines leuchten ließ. Die blanken

Schilde des Stammes warfen so grell wie Spiegel das Licht zurück. Bertrada erschrak, als sie an dem Wodansbaum vorüber schritt: »Der Stamm blutet – schaut hin – die ganze Rinde ist wie von Blut überströmt.«

»Nein, es ist Frau Sunnas schlimmster Scheidegruß«, sprach die Priesterin. »Es ist nicht Blut, aber es *verkündet* Blut.«

»Noch mehr Blut also!« sprach Guntbert finster. Aller Sonnenschein war von dem sonst so frohen, offenen Antlitz gewichen. »Schon viel ist geflossen.«

»Fahre fort«, sprach Basina, in deren von jeher strenge Züge die letzten Zeiten noch tiefere Furchen gegraben hatten. Unheimlich leuchteten die grauen Augen, wenn sie die langen, meist gesenkten Wimpern hob. »Du hast mir nur von dem Anfang der Ausführung jenes schrecklichen Auftrags berichtet. Gingen die Frevel gegen Götter und Menschen noch weiter?«

»Viel weiter, so hat Guntbert mir erzählt«, antwortete Bertrada erschauernd.

»Ja, ja«, bestätigte er, »anfangs hatte ich nur dunkles Gerede von unseren Nachbarn vernommen, den Fischern, die ihren Fang zu dem großen Fest der lieben Frau Berchta hatten bringen wollen, das zur Zeit der beginnenden Ernte seit grauer Vorzeit am Mallus unserer Hundertschaft gefeiert wird. Bestürzt, ohne fassen und begreifen zu können, kehrten sie mit gefüllten Lägeln zurück. Das Fest sei verboten, habe der Zentenar traurig verkündet, bei Todesstrafe. Ein Missus aus Paris habe es verkündet. Ich wurde nicht klug aus den verwirrten Leuten. Aber gestern kam ein Kaufmann, ein Jude aus Paris, Simon, ein kluger und gerechter Mann, der viele Jahre lang schon bei unserer Furt den Fluß überschreitet und mit ein paar Knechten seine Handelswaren auf dem alten Rücken zu den Batavern und Hatuariern hinüberträgt und dabei stets in unserer Halle gastet und rastet. Der erzählte uns alles genau – der ist ein anderer Zeuge als unsere guten Lachsfischer!«

»Was bezeugt er gegen – gegen den Sohn Childerichs?«

»Ein Priester und Berater des Königs – den Namen wußt' er nicht – ein schwarzer, hagerer ...«

»Es ist Cautinus«, sprach Bertrada leise bebend.

»Durchzieht mit einer bewaffneten Schar die Gaue, prüft, ob Verehrer der alten Götter zahlreich sind, vernimmt sie, ob sie opfern, ob sie die alten Feste feiern, ergreift die Priester, auch wohl Frauen und Kinder eifriger Opferer und läßt sie in die nächsten Klöster bringen, um sie dort zum wahren Glauben zu erziehen.«

»O Childerich«, stöhnte Basina, die Augen zum Himmel erhebend.

»Aber es wird noch ärger getrieben. Reichen Leuten nehmen sie Gold und Silber. Simon bangt schwer um die Solidi, die er versteckt in seinen Schuhen trägt! – Auch das Land der Heiden verzeichnen sie für den König zur Einziehung und … das schlimmste …«

»Nun? Ich kann bald alles hören.«

»Manchenorts haben sie Hand an die Weihtümer gelegt.«

»Und mein Sohn – der Herr König – weiß das?«

»Er hat's befohlen! – So haben sie den Donartempel in dem Westragau verbrannt, die Priester, die ihn schützen wollten, erschlagen.«

»Hör's, Childerich!« seufzte Basina.

»An dem Quellfest der Walküre Gertrud, dort auf dem schönen Wiesenanger zu Nivelle, führten die bekränzten Jungfrauen ihren Reihen …«

»Oh, das ist lieblich!« rief Frau Bertrada. »Gern gedenk' ich's, wie ich selbst dort, den Kranz der blauen Glockenblumen in dem Haar, Blüten in den silberklaren Quell warf, der sie – mit meinen Wünschen – weitertrug. Die Jüngste schöpft dann mit geweihter Schale den heiligen Ursprink, wo er aus dem moosigen Felsstein quillt, und sprengt das klare Naß dreimal über die Häupter der sie im Kreis Umschwebenden. Der Reinheit Sinnbild ist der klare Brunnen«

»Besudelt haben ihn, ekelhaft besudelt«, rief Guntbert, »die Mönche, die sich der bewaffneten Schar angeschlossen haben, die vor wenigen Tagen die Opfernden überfielen. Ein Priester wurde erschlagen, die Jungfrauen wurden von den Kriegern fortgeschleppt, um – nach mancher Mißhandlung – in die Klöster verteilt zu werden. Dort sollen sie so lange festgehalten und unterwiesen werden, bis sie den Göttern abschwören und die Taufe nehmen.«

»Hörst du's, Childerich?« wiederholte Basina und hob die Rechte gen Himmel. »Gedulde dich nur noch kurz. Ich komme!«

»Und darum, Frau Königin, mahn' ich heute dringender als je: Geh mit uns! Nach drei Nächten brechen wir auf. Schon hab ich von einer Sippe in unserem Thüringen an der raschen Unstrut Land genug erworben, um uns alle reich zu nähren. Verlaß mit uns dieses Reich, wo solche Greuel gegen die Götter geschehen.«

Sie schüttelte das silberweiße Haupt. »Nein. Mein Sohn …«

»O verlaß auch ihn«, drängte Bertrada. »Du hast ihn längst verloren. Wüßtest du, was Guntbert mir mit Schaudern von ihm erzählt hat. Aber nie, nie sollst du's erfahren. Denk, er sei tot.«

Da richtete sich die Gewaltige hoch empor. »O läge er tot! Er lebt aber. Das eben ist's. Er lebt und frevelt gegen Götter und Menschen. Und ich – ich bin Childerichs Weib. Allzulang hab' ich gezögert. Höre, Guntbert, Vielgetreuer. Oft und oft hab' ich dein Erbieten abgewiesen, mir mit Gewalt den Ausgang aus diesem Hain – dem weiten Kerker, in den mein Sohn mich gebannt hat – zu bahnen. Ich durfte dich nicht den Bann des Rachsüchtigen brechen lassen. Jetzt aber, da du alsbald vor seinem Zorn sicher bist, jetzt, da heilige Pflicht, Wort und Schwur mich zwingen, jetzt bitt' ich dich, bevor ihr von dannen zieht, hilf mir, mit List oder Gewalt zu entkommen. Ich brauche nur ein rasches Roß. Willst du mir helfen? Es gilt einen Eid!«

»Gewiß, Frau Königin. Aber du bist erschüttert, erschöpft von diesen Schreckenskunden. Komm in das Frauenhaus neben dem Weihtum – setze dich, lege dich! Du wankst! Dort wollen wir den Plan der Flucht bereden.«

XLV

Während dieser Unterredungen waren drüben in dem Gehöft Guntberts die beiden Kinder emsig beschäftigt.

Guntvalt, zu einem kräftigen Knaben herangewachsen, schoß mit des Vaters Bogen, den er nun führen durfte, auf dem weiten Raum vor den Hausstufen auf eine mannshohe, aber schmale, nicht mannsbreite Scheibe, an deren oberen Ende in rohen Strichen mit Kohle ein Manneshaupt gemalt war. Auf fünfzig Schritt verfehlte er nie die Scheibe, fast nie das Haupt.

»Wieder getroffen! Gerade in die Stirn! Da schau her!« rief er die Stufen hinan der Schwester zu, die Speisen und Geschirr für den einfachen Abendschmaus aus dem Haus trug und zierlich auf dem glatten, weißen Ahorntisch auf der obersten Stufe nebeneinanderreihte. Das bildschöne Kind neigte sich anmutig, auf den rechten Arm gestützt, über die geschnitzte Brüstung der Balustrade hinab, die Augen vor dem grell einfallenden Licht der Sonne mit der vorgehaltenen Rückseite der Linken schützend.

»Ja, Brüderlein.« Sie nickte. »Der Vater meinte gestern, du triffst schon fast so sicher wie er. Und das war gut für mich neulich, als die zwei hungrigen Wölfe mich vom Beerensammeln im Scheldewald aufscheuchten und bis an die Hofwehr verfolgten. Du sahst es von der Haustür aus, zweimal schwirrte die Sehne, hart an mir vorbei zischten die Pfeile, aber sicher traf jeder sein Untier.«

»Damals schlug mir das Herz gar heiß – das ist schlimm für den Schuß –, denn von links und rechts umsprangen dich die beiden schon dicht. – Ich habe Hunger, kämen die Eltern doch bald.«

»Ja, es wird nun auch gleich dunkel. Wo sind die Knechte?«

»Im Wald. Alle sind sie fort, beim Roden. Was hast du denn da in den Schüsseln? Es ist doch von dem Hirsch noch was da?«

»Viel! Und sieh hier, den Lachs aus dem Strom, der sich heute an der Grundangel gefangen hat. Und Milch und Käse. Horch! Die Angel des Seitenpförtleins hat geknarrt. Das können nicht die Eltern sein.«

»Nein! Schau, da kommt ein Fremder. Ganz schwarz ist sein Gewand.«

»Wer mag das sein?«

»Der Vater sagte mal ... doch nein! Was suchte ein Geschorener bei uns?«

Er legte Bogen und Köcher ab und ging dem Ankömmling entgegen, der ganz langsam und geräuschlos herankam, von weitem den Kindern mit den Fingern der Rechten zuwinkend.

»Willkommen in unserer Wehr, guter Gast«, sprach Guntvalt, »raste hier redlich, und scheide unschädlich.«

»Gut kennst du – so jung noch – Knabe, schon die alten Sprüche.« Der Fremde nickte.

»Die wies der wandernde Wodan, der Gott der Gastung, unseren Ahnen.«

»So, so! – Also ich bin hier recht im Hof Guntberts, Guntfrieds Sohn? Das da drüben – die finsteren hohen Bäume, das ist wohl …«

»Wodans heiliger Eschenhain.«

»Wo ist der Vater?«

»Drüben im Hain.«

»So, so. Aber« – rasch stieß er das hervor – »die Mutter, sie ist wohl im Haus dort?« Funkelnden Auges machte er ein paar Schritte auf die Stufen zu.

»Nein«, erwiderte das Mädchen, etwas zurückweichend, »sie ist auch dort, bei der großen Frau Königin weilen sie beide.«

»Ah, so! – Sie sind wohl häufig dort? Auch um zu opfern?«

»Gewiß, sooft es Sitte ist.«

»Nun, ich werde sie erwarten«, sprach er mit einem Blick rückwärts zu der Seitentür, aus der er gekommen war. »Vergönnt, daß ich mich zu euch setze, zu dir vor allem, du zauberschönes Mädchen. Heißt du auch Bertrada?«

»Nein, Theoda!« »Er kennt der Mutter Namen«, dachte das Kind ängstlich und wich noch scheuer zurück, als er, nun die Stufen ersteigend, den Arm nach ihr ausstreckte.

In dem Augenblick stand der Bruder, in zwei Sätzen über die Stufen fliegend, an ihrer Seite. Der Gast ließ sich in dem Hochsitz nieder.

»Hier magst du rasten«, sprach Guntvalt, »bis der Vater kommt. Dann aber – du siehst, unsere Hausmarke ist hier eingeritzt, das ist des Hausherrn Sitz.«

Der Gast lächelte. »In diesem Haus geht es ja ganz streng nach alter Sitte. Man sieht's. Erzählt einmal, wie lebt ihr das Jahr über? Muß doch öde sein in dem wilden Wald.«

»Aber gar nicht«, entgegnete Theoda, nun mutiger. »Welch schöne Feste wir feiern!«

»Feste? Welche? Erzählt mir doch. Darf ich von dem Brot dort nehmen?«

»›Breit biete das braune Brot,
Frôs freudige Frucht,
Dem gehrenden Gaste.‹,

so lehrte die Mutter«, sprach Theoda, schnitt mit dem Messer ein mächtiges Stück von dem dunklen wohlriechenden Roggenbrot ab und schob es – vorsichtig zurückgehalten – ihm hin.

»Da ist zuerst«, hob Guntvalt an, »das Fest der Wiederkehr der Götter, wenn die Tage wieder wachsen im Hornung. Bekränzte Götterbilder auf offenen Wagen ziehen wir, die Kinder vorangespannt, jubelnd durch den Gau.«

»Die erste Schwalbe, Frau Ostaras Botin, wird mit Willkommensliedern begrüßt«, fiel Theoda ein.

»Dann verbrennen wir den Winterriesen und springen über das Feuer, nachdem der andere, der Winterdrache, von Paltar erstochen ist.«

»Und das erste Gewitter! Wie schön, wenn Donar Frau Ostara ins Land führt! Und rote Eier legt ihre heilige Häsin weit verstreut im Land. Da heißt es eifrig Ostarbrot backen!«

»Und wird es dann zu heiß, zu dürr auf den Feldern, bitten wir die Götter um Regen! Diesmal war es Theoda, die wir, über und über in Laub gehüllt, mit Wasser aus dem Brunnen beschütteten. Puh, warst du triefend naß.«

»Und traurig, wehmütig, verbrennen wir zur Sommersonnenwende Paltars, des früh versterbenden, Leiche.«

»Und entzünden, alle anderen Feuer verlöschend, das Notfeuer aus geriebenem Holz.«

»So, so?« forschte der Gast. »Und all das habt ihr – haben die Eltern auch dieses Jahr getrieben!«

»Ei, gewiß. Aber es ist noch lange nicht zu Ende. Bald folgt die Weihe der Kräuter, die wir unter Heilwünschen schneiden und trocknen und dann auf der Glutpfanne verbrennen, falls nächtliche Gewitter ausbrechen.«

»Und die Fahrten und Ritte zu Freyrs Weihtum im Tannenwald, um Rosse und Rinder seinem Schutz zu empfehlen für das kommende Jahr.«

»Und später Herrn Wodan, der im wilden Heer im nächtlichen Sturm die Waldweiblein jagt – den gilt es mit Opfern zu beschwichtigen.«

»Und dann Frau Berchtas, der Spinnerin, Rundgang von Hof zu Hof, die nach den Wocken der fleißigen und der faulen Spinnmägde ausschaut.«

»Und bald darauf endlich aller lichten Götter frohe Wiederkehr, die vor der Nacht des Winters in ihre lichte Heimat gewichen waren – oh, wie schön sind unsere Feste!« schloß Theoda.

»Hm«, machte der Gast. »Und so viele. Und all diese haben eure Eltern dieses letzte Jahr über auch gefeiert?«

»Ich sagt' es schon!« antwortete Guntvalt trotzig.

»Dank euch. Ich weiß nun, was ich wissen mußte.« Er stand rasch auf und tat einen gellenden Pfiff.

Sofort drang durch jene Seitentür, die in den Wald führte, ein Haufen von Bewaffneten herein.

»Hierher, Gero, Frecho!« befahl der Gast, »ergreift die Kinder hier. Sie sind Geiseln für die Eltern, dies ist ein Haus des ärgsten Heidentums.«

Im selben Augenblick betraten von dem Haupttor aus, aus dem Hain zurückkehrend, die Eltern den Hofraum.

»Cautinus!« schrie Bertrada.

»Ja, Cautinus, dein Richter, schöne Frevlerin!«

»Des Königs Mordbuben!« rief Guntbert und riß das Schwert aus der Scheide.

Guntvalt war die Stufen hinabgesprungen. Schon hatte er Bogen und Köcher erfaßt. Aber Gero hatte sich Theodas bemächtigt.

»Hilf, Vater!« schrie das Mädchen.

»Ich komme, mein Kind!« rief Guntbert.

Rasch hatte er in einem Sprung die Reihe der Speerträger durchbrochen. Frecho warf sich ihm mit gezückter Lanze entgegen. Er stieß ihn nieder, erreichte Gero, schlug ihm das Schwert aus der Faust, spaltete ihm das Haupt und riß sein Kind an sich.

»Werft!« befahl Cautinus, sich mit der Platte des umgeworfenen Tisches deckend. »Werft, ihr Speerleute, alle auf den Hausherrn.«

Sechs Speere flogen – sterbend sank Guntbert um. »O Bertrada«, stöhnte er sterbend, »rette dich!«

Die Frau war, gefolgt von beiden Kindern, bis an die Westseite des Gehöfts an dem steil abfallenden

Ufer des Stroms zurückgewichen. Hitzig folgte Cautinus ihr.

»Nun, schöne Büßerin«, rief er ihr zu. »Nun sollst du reichlich Buße tun für jahrelange Qual, die ich deinetwegen ertrug. Deine spröde Herbe soll gar weich und zahm werden! In Klostermauern! Und in diesen Armen. Komm – endlich!«

Begehrlich sprang er vorwärts, mit ausgestreckten Armen.

»Stirb, du Hund!« rief da eine junge Stimme. Eine Sehne schwirrte, ein Pfeil zischte – in die Stirn geschossen, stürzte Cautinus.

»Rächt mich«, stöhnte er noch, »greift sie, bringt sie alle um – alle drei.«

Die Speerträger eilten vor. Da umfaßte Bertrada mit beiden Armen ihre beiden Kinder. »Wir kommen, Guntbert!« rief sie und sprang, beide Kinder umschlingend, in den tiefen reißenden Strom.

Hochauf spritzten nach dem dumpfen Schlag die Wellen.

Im selben Augenblick schlugen aus dem Weihtum Wodans hohe Flammen auf.

Gleichzeitig mit der Schar Geros und Frechos war ein starker Haufen Berittener, die nun absprangen, in den heiligen Hain gedrungen, hatte nach kurzem Widerstand die wenigen Knechte des Altars bezwungen, die meisten Priesterinnen ergriffen und den ganzen Wald sowie die Holzhallen darin in Brand gesteckt. Alsbald loderte auch das geplünderte Gehöft Guntberts in Flammen auf.

In dem Getümmel des Kampfes, der Plünderung, des Brandes, wurde es nicht bemerkt, wie das Pferd eines der Krieger, das vor dem Eingang des Haines angebunden stand, losgeknüpft wurde. Es trug alsbald eine hohe Frauengestalt auf der Römerstraße durch den Wald nach Paris.

XLVI

Sehr übel gelaunt ging oder lief vielmehr mit kleinen haftenden Schritten der König in seinem Speisegemach im Palatium zu Paris umher, die fromme Jungfrau Genovefa, die ihn beschwichtigen wollte, hatte schweren Stand.

»Was denn! Was denn!« fuhr er sie an. »Alle Leute, die ich brauche, werden krank und legen sich zu Bett, statt mir zu helfen. Frau Hrothehild hätte auch zu anderer Zeit dies – ganz unnütze! – Mädel kriegen können. Und Remigius zu Reims immer noch krank! Und von Cautinus keine Nachricht! Und die Bischöfe, meine ehrwürdigen, aber geizigen Väter, spenden lange nicht genug Geld. Jetzt gerade bedarf ich der Männer und Frauen, die mir die Heiligen oder die Bischöfe – es ist fast dasselbe – gewinnen. Und jetzt versagen sie!«

»Oh, Sohn Childerichs«, sprach Genovefa, »ich habe, da ich deine Bedrängnis von deiner Gemahlin erfuhr, wochenlang gefastet und gebetet, auf daß mir die Heiligen den Ort im Traum zeigen mögen, an dem die Schätze deines hohen Vaters vergraben sind …«

»Von dem Wodansschwert weiß sie nichts«, sprach er für sich, »sonst würde sie weder Magen noch Lippen mit Fasten und Beten bemüht haben.«

»Umsonst, kein Traumgesicht, wie doch sonst so oft, will sich mir zeigen.«

»Mir scheint, die im Himmel hören manchmal nicht gut – zumal, wenn man ihnen nichts schenkt.«

»Lästre nicht!«

»Horch, rasche Schritte auf dem Gang. Wer kommt … unangemeldet?« Er schlug den Vorhang auseinander – und fuhr erschrocken zurück. »Mutter! Du? Du hier? Und wie du aussiehst! Der Mantel zerrissen, über und über mit Straßenschmutz bedeckt – und so bleich! Bist du krank?«

Auch Genovefa erschrak über den Anblick der gewaltigen Frau, wie diese, hochaufgerichtet, regungslos, einer Statue gleich, in der Mitte der Tür stand, von dem langen, schneeweißen Haar die Schultern überflutet, einen furchtbaren Blick auf den Sohn richtend.

»Wo ... wo kommst du her?«

»Aus dem verbrannten Wodanhain.« Damit trat sie in das Gemach.

»Wer … Wer hat das getan?«

»Du! – Lüge nicht! Du – durch deinen Kanzler.«

»Was denn?« sagte der König verlegen, die Stirn furchend. »Wo ist er?«

»In Hel. Bei den Mördern. Unter Schlangen und Schwertern in eisigem Strom.«

»Tot! Cautinus. Was denn! Ich brauche ihn.«

»Guntberts Knabe erlegte das Scheusal. Ermordet liegt Guntbert. Sein Weib sprang, um der Schande zu entgehen, mit beiden Kindern in den Strom. Verbrannt – wie Wodans Hain – liegt sein Gehöft.«

»Und du – was …«

»Ich ritt Tag und Nacht und Nacht und Tag zu Childerichs Sohn, um ihn zu fragen … Nein, bleib nur, du fromme Christin, bleib. Er ist ja deines Glaubens. So höre mich, und antworte du für ihn. Er hat dem sterbenden Vater – gedenkst du noch jenes Totenlagers, Genovefa? – geschworen, den alten Göttern treu zu bleiben. Hier steht er – ein Christ.«

Ohne Besinnen sprach die Jungfrau: »Der Eid war Sünde. Der Herr hat ihn erleuchtet. Dein Sohn mußte Gottes Ruf folgen, seine Seele retten.«

»Was denn, Mutter, was denn? Was soll dieses Verhör?«

Ohne auf ihn zu achten, fuhr die Mutter fort: »Er hat ferner geschworen, die Weihtümer der Götter und ihre Verehrer zu schützen. Er verbrennt die Haine, er ermordet die Priesterinnen und die an die Götter glauben. Muß er auch *das* tun, um seine Seele zu retten?«

»Nein, es ist schweres Unrecht! Ich warnte, ich wie Bischof Remigius und viele fromme Priester.«

»Was denn? Weibergeschwätz!« fuhr Chlodwig los. »Hätten mir die frommen Priester so viel Geld gegeben wie schöne Worte, hätte ich Cautinus nicht gebraucht. Hm, Guntbert! Schade drum! Aber nein! Geschah ihm recht. Er wollte mich ja verlassen. Sein Arm hätte doch nicht mehr für mich gekämpft. So hab' ich nichts verloren.«

»Chlodwig«, sprach die Königin, mit Anstrengung die Empörung niederkämpfend, »du siehst: Diese Christin, die ihr wie eine Heilige verehrt, selbst sie verwirft deine grauenvolle Verfolgung unseres Glaubens. Nimm jenes Gebot zurück. Ich bitte dich.«

»Was denn! Nein!« rief er, ungeduldig mit dem Fuß aufstampfend. »Kann nicht. Muß Geld haben. Muß die Habe der Ketzer und Heiden einziehen.

Die Goten! Die Goten! Täglich gewinnen sie Land.«

Für eine lange Weile schwieg nun Basina.

»Du brauchst also Schätze? Gold?« fragte sie dann langsam, mit seltsam prüfendem Blick.

»Und ob ich's brauche! So notwendig wie der Fisch das Wasser. Ich bin verarmt. Und das Glück des Sieges ist von mir gewichen.«

»So?« fragte die Mutter nachdrücklich.

»Oh, um des Vaters Siegesschwert und seine Schätze. Mutter, Mutter, hast du denn gar keine Ahnung, wer es sein mag, der darum weiß? Der kann am Ende längst gestorben sein!«

Ohne auf die Frage zu antworten, wiederholte sie: »Nimm jenes Gebot der Verfolgung zurück. Halte deinen Eid.«

»Nein doch. Ich hab's gesagt.«

»Noch einmal mahne ich, *bitte* ich, hörst du? Ich *bitte* – bedenke deine Antwort jetzt. Mehr als du ahnst, hängt davon ab. Nimm zurück. Halte deinen Eid.«

»Nein, dreimal nein!«

Da trat die hehre Gestalt dicht an ihn heran. Sie bohrte einen Blick tödlichen Hasses in seine Augen, so daß er sich entsetzt abwandte, und beide Hände hoch gen Himmel reckend, sprach sie langsam, jedes Wort wägend: »So sei verflucht vom Scheitel bis zur Sohle.«

»Mutter!« schrie Chlodwig, von Grauen geschüttelt.

»O Königin!« seufzte Genovefa.

Aber jene fuhr fort. »Wehe über diesen Schoß, der dich geboren hat. Hör's, mein Childerich, hoch in Walhall: Ich – ich halte meinen Schwur. Dein Sohn Chlodwig hier – hör's –, er ist ein Schurke geworden.«

»Ha, zu viel!« brach Chlodwig los, faßte ihren gen Himmel erhobenen Arm und riß ihn unsanft herab. »Und wer – und was bist du, Tugendpredigerin, daß du so schelten darfst? Eine Ehebrecherin bist du, ein ihrem Gatten entlaufenes Weib.«

»Herr König!« mahnte Genovefa. »Schweige du davon! Jeder andere Mund – aber nicht der deine.«

Die Mutter sah ihn an, schweigend, starr.

Er aber, ihre Augen meidend, fuhr fort, hastig im Gemach umherrennend. »Nein, ich will reden. Sie soll's einmal hören. Schon seit Jahren drängt mich's bei ihren unaufhörlichen Scheltreden. Wer war des Thüringerkönigs Basinus rechtmäßiges Eheweib? Du! Wer nahm den schönen Frankenkönig gastlich – nur gar zu warm – in der Halle auf? Du! Wer entlief, nachdem Herr Childerich nach Tournay zurückgekehrt war, seinem Ehemann? Du! Wer floh durch Eis und Schnee und Urwaldschrecken, von allen verlassen bis auf ein Paar, nach Tournay und wurde hier, noch des Basinus' pflichtgebunde Gemahlin, das Weib Childerichs? Wer? Du! Und du willst Tugend lehren?«

»O Gott im Himmel«, stöhnte Genovefa, die Hände ringend und in flutende Tränen ausbrechend. »O Gott! Verzeih dem Toten diese Sünde! Wie unsäglich hab' ich unter seiner Schuld gelitten! Vergib ihm, Gott, um Christi, um meiner Gebete willen.«

Sie warf sich auf die Knie und hob die gefalteten Hände empor. »Vergib auch ihr, seiner Verführerin.«

»Schweig, du Törin!« herrschte Basina sie an, die unter den Vorwürfen ihres Sohnes, ohne mit der

Wimper zu zucken, ihm nur überallhin mit den unerbittlichen Augen gefolgt war. »Was weißt du von unserer Liebe! Weil du, ein liebekrankes Jungferlein, den Herrlichen in deiner schmachtenden Seele trugst, so daß du, als er mich zum Weib nahm, vor lauter Schmerz der Welt entsagtest und eine Heilige wurdest …«

Genovefa war heißes Erröten in die bleichen Wangen bis in die Stirn geschossen. Sie schüttelte das Haupt. »Keine Heilige. Nur eine Büßerin für seine Schuld. Ich betete fortab jede Stunde bis heute für seine Seele, ich fastete, ich geißelte mich jede Nacht – für seine Seele!«

»Deshalb glaubst du, wahnsinnige Schwärmerin, du darfst über *unsere* Liebe, *unsere* Ehe richten? – Du aber, schamlosester aller Söhne, du vernimm: Ja, alles was du sagtest, ist wahr.«

»Also!«

»Aber noch anderes ist wahr. Mit fünfzehn Jahren zwang mich König Basinus, mein Oheim und mein Muntwalt, der Siebzigjährige, zur Ehe. Von der ersten Stunde an verfolgte er mich unschuldiges Kind mit wahnsinniger Eifersucht. Nach Jahren kam der junge Frankenkönig. Ja, wir liebten uns. Aber – bei Frikks Ring und Gürtel beschwöre ich's – nicht ein Wort, nicht ein Händedruck hat es verraten. Jedoch der finstere Greis hatte Verdacht geschöpft, und als er bald nach Childerichs Scheiden schwer erkrankte, da befahl er – er wollte, daß ich auch nach seinem Tod nicht dem Franken gehöre –, mich auf demselben Scheiterhaufen, der seine Leiche verzehren würde, lebendig zu verbrennen.

Solchem Schicksal wollt' ich entrinnen. Ich entfloh – wer will mich darum schelten? –, nur von jenem treuen Paar begleitet. Und wohin, zu wem sonst sollte ich fliehen, als zu dem, um dessentwillen ich sterben sollte, flüchten mußte?

Sprich – nicht du, Unwürdiger, aber du, Genovefa. Kannst du mich verdammen?«

»Nicht die Flucht, Frau Königin – aber die Vermählung. Noch viele Jahre lang lebte König Basinus, und einstweilen warst du –«

»Das Weib dessen, den *du*, Heilige, liebtest. Ich war mit Basinus vermählt und liebte Childerich, und Childerich war mein Gemahl, und du hast ihn geliebt – ja, du liebst ihn heute noch. Ist das weniger Sünde?«

Da schlug Genovefa laut aufschluchzend beide Hände vor die Augen.

Dann warf sie sich auf die Knie und seufzte. »Ich büße diese süße Sünde all diese Jahre lang! Vergib mir!«

Basina beugte die hohe Gestalt zu der Flehenden hinab und hob sie auf.

»Ich habe dir nichts zu vergeben. Ich gönnte dir im Leben gern, sich an seiner Herrlichkeit zu erfreuen, in seinem Glanz zu sonnen. Und ich ließ dich allein mit dem Toten. Nicht verfeinden, verschwistern soll uns die Liebe zu ihm.«

»Ich danke dir«, sprach Genovefa. »Laß mich nun scheiden. Mein Herz ist leichter als es jemals war. Ich gehe.«

»Wohin?«

»In die Kapelle, um für uns alle vier zu beten.«

XLVII

Chlodwig hatte den Worten der beiden Frauen mit starkem Unbehagen zugehört. Solche Dinge, solche Empfindungen waren ihm unverständlich, zuwider.

Wiederholt hatte er mit seinem »Was denn! Ist ja dumm!« dazwischenfahren wollen. Aber eine ihm selbst unerklärliche Scheu vor dem Edlen, Reinen, Hohen in diesen Seelen hatte ihm den Mund verschlossen.

Jetzt mit der Mutter allein zu bleiben, war ihm mehr als unbehaglich, war ihm unheimlich. Er fürchtete die stumme Drohung in diesen starr auf ihn gerichteten Augen.

Er wollte hinter Genovefa hinausschlüpfen, aber Basina vertrat ihm den Weg.

»Wir haben im Leben nur noch ein Geschäft miteinander«, sprach sie eisig.

Es durchrieselte ihn der Ton, in dem sie das sagte.

»Geschäft? Ich habe gar keine Zeit. Die Feinde, die Goten drohen!«

»Eben deshalb. Du klagtest, dir fehle Gold, Unsieg verfolge dich. Wohlan, so nimm deines Vaters Schätze und sein Siegesschwert.«

»Höhne nicht!« knirschte er.

»Ich höhne nicht. Die einzigen Augen, die zugesehen haben, als beide geborgen wurden, waren meine Augen.«

»Mutter!« rief Chlodwig, außer sich vor freudigem Schreck. »Du? Du kennst den Ort? Und warum hast du so lange geschwiegen?«

»Dein Vater befahl's, hast du vergessen? ›Nur in schwerer Not und Bedrängnis.‹ Die, scheint es, sind nun gekommen, nicht?«

»Was denn! Ich sollte meinen! Und du – du wolltest – jetzt – mir helfen?«

»Ich will … unter einer Bedingung.«

»Sprich! Jede!«

»Wir wollen ein Urteil unserer Götter – du des deinen, ich Wodans – entscheiden lassen über unseren Glaubensstreit.«

»Gern!« rief Chlodwig. »Hei, ich hab's erlebt dort an der Lauter: Herr Christus hilft, ruft man ihn gläubig an.«

»Gut. Und hier gilt's um seine ganze Herrschaft. Unsere Götter sollen an uns ihre Macht erwahren. Wir – du und ich – wir trinken jeder die Hälfte von diesem Trank.«

Sie holte aus dem Gürtel ein kleines, wohl verschlossenes Fläschlein aus Achat hervor.

»Trank? Was denn! Was ist in dem Ding da?« fragte er stutzig.

»Gift. Tollkirschensaft.«

»Was denn! Was denn! Ist ja dumm. Ich danke! Habe nicht die Zeit, zu sterben.«

»Du wirst nicht sterben, ist dein Christus ein Gott.«

»Gewiß ist er das. Aber –«

»Kein aber. Wir trinken beide die Hälfte: Du rufst den Gekreuzigten an, dich, ich Wodan, mich zu retten.«

»He? Ei … ei. Ich mag doch nicht.«

»Dann bleiben Schwert und Schätze mein Geheimnis.«

Unentschlossen ging er auf und nieder. »Warum gerade *diese* Probe? Wähl doch eine andere.«

»Diese oder keine. Ich will dir zeigen, daß es nichts ist mit dem Christengott.«

»Ich … ich … wage nicht …«

»Siehst du dein Mißtrauen? Und doch hast du Wodan verlassen? Wohlan, schau her. Hier, in diesem Karneolfläschchen, ist ein unfehlbares Gegengift – du weißt, ich verstehe mich genau auf solche Tränke. Versagt dein Gebet – spürst du das Gift wirken –, so trink dieses Gegengift. Du bleibst am Leben, und Schwert und Schätze sind dein, obwohl dein Gott erlag.«

»Und du, Mutter, was tust du?«

»Ich nehme kein Gegengift, denn ich vertraue meinem Gott.«

Ein teuflischer Gedanke zuckte durch des Sohnes Hirn. »Dann ist sie verloren! Und ich bin die unerträgliche Anklägerin los!

Nur müßt' sie sogleich, sowie sie getrunken hat, den Ort angeben.

Tu' ich's nicht, verschweigt sie Schwert und Schatz. Ich kann die Greisin doch nicht foltern lassen. Aber freilich … es ist gewagt.«

»Entschließe dich, bevor ich dieses Gemach verlasse.«

»Ei, ei, das braucht doch Besinnen.«

Da eilte Ansovald mit bestürzter Miene herein. »Eile, Herr König! Hilf! Beschaffe Geld, Waffen, Krieger! Die Goten und Burgunden haben nicht nur die Loire, sondern haben den Loir bei Châteaudun und die Eure bei Chartres überschritten. Deine beiden schwachen Haufen, die sie dort abwehren wollten, hat Graf Vitigis geschlagen, jene Städte sind gefallen, die Goten ziehen auf Paris zu. Unsieg verfolgt dich fort und fort.«

»Das Schwert! Das Siegesschwert!« stöhnte Chlodwig. »Geh!«

»Hier ein Brief des Bischofs Theoplastus. Es sei die Antwort auf deine und Frau Hrothehildens letzte Frage.« Er übergab das Schreiben und ging.

Chlodwig aber riß es erfreut auf. »Erwünscht! Im rechten Augenblick.

Vernimm«, rief er der Mutter zu, »schon früher einmal forschte ich bei Remigius – du kennst den Namen.«

»Ich kenne ihn. Er hat dich getauft.«

»Wie das denn sei mit dem Gottversuchen. Einmal ist das verboten, dann heißt es wieder: Wer in vollem Vertrauen zu Gott betet, kann sicher sein, daß er ihn auch aus höchster Gefahr errettet. Nun hatte ich darüber Streit mit meiner frommen Königin. Sie konnte mir den Widerspruch nicht lösen. Freilich, sie – wie deine neue Schwester Genovefa – eifert stark gegen solche Versuchung. Aber was wissen schließlich die Weiber! An Remigius, der schwer krank liegt, konnten wir uns nicht wenden. So fragten wir denn Theoplastus, den neuen Bischof von Cambrai, und dies ist nun sein Bescheid.

›Großer Herr König und fromme …‹ und so weiter! Folgen andere Redensarten … aha, jetzt kommt's: ›… und ist also der Meinung des Herrn Königs durchaus beizupflichten‹ – wußte schon, daß der meistens mir Recht gibt, deshalb hab' ich ihn vorgeschlagen! – ›daß es nicht sträflich ist, nicht Gott versuchen heißt, begibt man sich in Gefahr im vollen Vertrauen auf Gott und seine Wunderkraft, die man in gläubigem Gebet anruft. Insbesondere dann‹ – nun bin ich gespannt! – ›ist Gottes Wunderhilfe unzweifelhaft sicher, sucht man diese Gefahr zum Heil der Kirche und im Dienst des Herrn!‹

Was denn! Was denn! Das ist ja herrlich! Ist ja gerade, als wenn es ihm der heilige Geist für meinen Fall eingegeben hätte. Ich brauche Schwert und Schatz, um diese gottverhaßten Ketzer abzuwehren. Zum Heil der Kirche also und im Dienst des Herrn trink' ich das Gift. Her damit. Hier, hier sind zwei Becher, gleich groß« – er holte sie von dem Schenktisch – »fülle sie gleich. Aber nicht etwa mir mehr! Und für alle Fälle – man kann doch nie recht wissen – halte das Gegengift für mich bereit – wo ist es?«

»Hier halt' ich's in der Hand.«

»Nun gut. Erst aber muß ich beten. Ich muß es den Heiligen da oben gründlich, deutlich sagen, um was es sich diesmal handelt.«

Er kniete nieder und sprach, zum Fenster hinausblickend, zum Himmel: »Also höre mich, Herr Christus, der du *wesenseins* – o hör' es wohl! –, mit Gott dem Vater bist, und ihr Heiligen alle – zumal du, Sankt Martinus von Tours, und du, o Hilarius von Poitiers –, reiche Gaben hab' ich euch dargebracht, denkt jetzt daran! Seht, ich trinke jetzt das Gift der üblen Kirsche im vollen Vertrauen auf euch – Mutter, ist auch des Gegengifts genug? Ja? –, daß ihr mich durch eure Wunderkraft erretten werdet.

Denn hört – wenn ihr's vielleicht vorhin nicht ganz begriffen habt –, ich trinke es nur euch zuliebe, um Gold und … noch anderes – das Wodanschwert könnte ihnen mißfallen, weißt du, Mutter – zu gewinnen, um damit eure bittersten Feinde und Verächter abzuwehren, diese schnöden Ketzer. Nun habt ihr's gehört. Nun helft! Gib, Mutter, rasch.«

»Erst höre *mein* Gebet! Waltender Wodan! Du weißt, welch wildes Weh mein armes Mutterherz zerfleischt. Mein eigener Sohn wurde dein grimmigster Feind. Das kann ich nicht ertragen. Gib mir, sobald ich das Gift getrunken habe, den Tod.«

»Wie! Was denn! Was denn!« »Aber mir kann's recht sein«, dachte er bei sich.

»Nun komm, nun trinken wir beide.«

»Den Ort, nenne den Ort.«

»Erst trink! Dann spreche ich weiter.«

Wild erregt riß er den Becher von dem Tisch und stürzte das Naß auf einen Zug hinunter.

Langsam, jeden Tropfen ausschlürfend, trank Basina.

»Jedoch«, sprach sie dann, »o Wodan, auch meinen Sohn, den Neiding, den eidbrüchigen Schurken, tilge aus dem Leben.«

»Was!« schrie Chlodwig und sprang entsetzt auf.

»Auf daß er nicht mehr deine Weihtümer schänden kann. Zeige, daß du mächtiger bist als die Heiligen, die er anrief.«

»Mutter, du willst meinen Tod? Nun aber geschwind. Du stirbst am Ende wirklich. Den Ort, den Hort, das Schwert!«

»Den Ort, den Hort, das Schwert«, wiederholte die Frau bedächtig, jedes Wort wägend, »den Ort, den Hort, das Schwert?« Sie fuhr heftig zusammen, mit der Hand nach dem Herzen zuckend. »Die wußte nur ich. Ich sterbe. Die Toten schweigen.«

Sie taumelte.

»Um Gott! Bei Wodan, beim lodernden –«, schrie er gellend aus. »Welcher Schmerz! Feuer hab' ich im Herzen! Feuer im Hirn! Helft doch, Herr Christus, Martine! Wodan, hilf du! Ich will dich wieder … rasch, Mutter, das Gegengift. Rasch!«

Da schleuderte sie mit letzter Kraft das Karneolfläschlein auf den Marmorestrich, so daß es klirrend zersprang. Der rettende Saft spritzte in Tropfen umher.

Nun stürzte die hohe Gestalt rückwärts zusammen. »Mein Childerich! Ich hielt den Schwur. Er wurde ein Neidling, er stirbt durch meine Hand.«

Sie verstummte, das Bewußtsein schwand.

Gellend, schrill, fürchterlich schrie er auf: »Hilfe! Hilfe! Was denn? Was … ist ja … Fluch über die Heiligen! Fluch über die ganze Welt!«

Mit einem hohen Satz sprang er zum Ausgang. Da brach er bewußtlos zusammen.

Lange, lange lagen die beiden so, Mutter und Sohn, ohne Bewußtsein. Niemand hatte den Schrei gehört.

Als Genovefa, die sich von der Kapelle hinweg zur Pflege an das Bett der Königin begeben hatte, nach mehreren Stunden in das Gemach trat, um sich zu verabschieden, und den Vorhang auseinanderschlug, erschrak sie gewaltig: Beide lagen, wie sie gefallen waren, tot.

Sie vermochte nicht, Hilfe zu holen, um Hilfe zu rufen. Sie sank auf die Knie, faltete die Hände und betete, betete für die Mutter und den Sohn.